红色经典阅读少儿版

新儿女英雄传

袁静 孔厥 著

吉林美术出版社 全国百佳图书出版单位

图书在版编目（CIP）数据

新儿女英雄传 / 袁静，孔厥著. -- 长春：吉林美术出版社，2021.7

（红色经典阅读：少儿版）

ISBN 978-7-5575-6617-3

Ⅰ．①新… Ⅱ．①袁… ②孔… Ⅲ．①长篇小说－中国－当代 Ⅳ．①I247.5

中国版本图书馆CIP数据核字（2021）第126449号

红色经典阅读少儿版

新儿女英雄传

XIN ERNÜ YINGXIONG ZHUAN

著　　者	袁　静　孔　厥
出 版 人	赵国强
责任编辑	陈　鸣
责任校对	王竟晗
装帧设计	盛宥添
开　　本	710mm×1000mm　1/16
字　　数	128千字
印　　张	10.5
版　　次	2021年7月第1版
印　　次	2021年7月第1次印刷
出　　版	吉林美术出版社
发　　行	吉林美术出版社图书经理部
地　　址	长春市人民大街4646号
	邮编：130021
网　　址	www.jlmspress.com
印　　刷	吉林省创美堂印刷有限公司

ISBN 978-7-5575-6617-3　　　　定价：29.80元

序

  时间，就像一条静静的大河，悄无声息地在我们不经意间缓缓流过。现在我们每一个人都过着幸福又安宁的生活。可是，在一百年之前，劳动人民过的是什么样的日子呢？过的是朝不保夕、忍饥挨饿、连生命安全都无法保障的苦难生活。在一百年前的1921年，有这样的一群人，他们为了改变国家与民族的苦难命运，为了我们现在的幸福、安定的生活，在共产主义信仰的指引下，历经千难万险，用他们的血肉之躯探索出了一条布满荆棘的光辉之路，缔造了一个举世瞩目的由人民当家作主的新中国！

  我们每一个人，一定都听过很多革命年代的故事：

  曾几何时，波涛汹涌的大渡河畔，响起了红军"哒哒"的马蹄声；曾几何时，冰封雪盖的夹金山上，驻扎着红军长征的营地；曾几何时，东北的林海雪原里穿梭着顶风冒雪的东北抗日联军战士；曾几何时，孤峰险峻的狼牙山上，回荡着烈士们坚定的誓言；曾几何时，阴森恐怖的渣滓洞监狱里，飘扬着江姐一针一针绣制的五星红旗；曾几何时，波澜壮阔的长江上，百万雄师吹响了改天换日的号角……

  多少中华英雄儿女的事迹，记载在岁月长河里、文献里，铭刻在我们的记忆里，也记载在流传至今的那些红色经典文学著作里。

  于是，我们编选了这套《红色经典阅读（少儿版）》，选入一批影响了中国几代人的红色经典文学著作。这些文学作品以中国人民的抗日战争前后的历史为背景，再现了那个烽火连天、英雄辈出的光辉年代，塑造了许多丰满生动、有血有肉的英雄形象，刘洪、娟子、雨来、沈振新、潘冬子……这些英雄形象像启明星一样明亮耀眼，始终指引着坚忍卓绝的中华民族奋勇前进的方向。

红色，是孩子们红领巾的颜色，是国旗的颜色，是无数革命先烈鲜血的颜色，也是我们的革命队伍"红军"名字的颜色。在世界上，提起中国的代表色，人们首先想到的是"中国红"，"红色"是一种精神，是一种基因，是有着极其丰富内涵的一个象征性的符号。

阅读红色经典，不仅仅是为了铭记和怀念，更是为了继承和发扬。红色精神的核心是爱国主义，这也是中华儿女在数千年文明发展中形成的深沉社会心理和基本价值追求，也是中华民族生命力量的支撑。"少年强则中国强"，爱国主义教育应该从孩子抓起，《红色经典阅读（少儿版）》将带领小读者们去阅读峥嵘岁月里的感人故事，去触摸烽火硝烟中的英雄形象，去感受战争年代的流血牺牲、艰苦卓绝，去体会伟大而崇高的爱国情怀、民族气节。

编者

目录 Contents/

第一回 事变 ……………………1

第二回 共产党 …………………10

第三回 农民游击队 ……………20

第四回 毒计 ……………………30

第五回 新女婿 …………………37

第六回 水上英雄 ………………42

第七回 一条金链子 ……………52

第八回 "大扫荡" ………………64

第九回 生死关头 ………………74

第十回 睡冰 ……………………85

目录 Contents/

第十一回 拿岗楼 ………………90

第十二回 最后一滴血 …………97

第十三回 探虎穴 ………………102

第十四回 结婚的谜 ……………107

第十五回 指引 …………………118

第十六回 爱和仇 ………………124

第十七回 鱼漏网了 ……………130

第十八回 冤家路窄 ……………140

第十九回 大反攻 ………………145

第二十回 胜利 …………………152

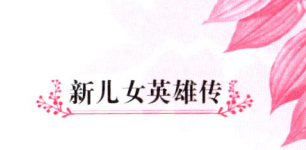

第一回 事变

名师导读

1937年，七七事变爆发，中国开始全国性的抗日战争。故事从一个平凡、普通的农民牛大水开始讲起，他是一个什么样的人？有着怎样的家庭背景？又是如何接触革命的呢？

牛大水23岁了，还没娶媳妇。

他娘已经去世，家里只有老爹和一个小兄弟，老爹常想给大水娶个媳妇，可是大水说："咱们使什么娶呀？"老爹说："没办法，再跟申耀宗借些钱吧。"一听说借钱，大水就急了。自从娘死那一年，指着五亩苇子地，借了申耀宗60块现大洋，年年打利打不清，就像掉到井里打扑腾，死不死，活不活的。大水说："唉，还不够瞧的！要再借，剩下这可怜巴巴的五亩地，也得戴上笼头啦！"【阅读能力点："笼头"指牲口身上的可以系上绳索的鼻羁和脖套，大水用"戴上笼头"来形容贫寒生活带来的巨大压力，生动形象，具有浓厚的生活气息。】老爹说："小子，不给你娶媳妇，我死也不合眼！咱们咬咬牙，娶过媳妇来，再跳跶着还账不行呀？"大水可不同意。这好小伙子，长得挺壮实，宽肩膀、粗胳膊，最能干活儿，总是熬星星、熬月亮，想熬个不短人、不欠人的，松松心再娶媳妇。

这一年，正赶上七七事变（又称卢沟桥事变，发生于1937年7月

日，是中国抗日战争全面爆发的开端）。卢沟桥的炮声咚咚响，在堤上听得很真的。人们都惊慌起来了。这村名叫申家庄，在河北省白洋淀旁边。离这儿十里地，有个大村叫何庄。何庄有个三分局，局子里接了队伍的命令，向各村要民夫，开到西边去，挖战壕、做工事。牛大水也去了。局子里的警察挺横，动不动就打人，大水的光脑瓜儿上也挨了几棍子，这么黑间白日地修了一个多月。谁知刚修好，队伍就哗地退下来，一路抢人劫道，闹得很凶。工事白搭了。局子也自动地散了摊儿。不久，保定失守。日本飞机天天来头上转，城里掉了几个蛋。大官们携金带银，小官们拔锅卷席的，都跑光了。

第二天，逃难的下来了，流着泪，纷纷乱乱地走过。大水的表哥家里也逃来了亲戚，是表嫂的娘和妹子。过了几天，表嫂到大水家来，想把她妹子杨小梅说给牛大水。大水他爹一听，就笑得满脸皱纹，嘴都合不拢了。【写作借鉴点：神态描写，形象地描绘了大水他爹的喜悦之情。】以前杨小梅常来她姐姐家住，大水和她短不了见面，也说过话。那杨小梅，模样长得俊，什么活儿都能干，心眼儿又挺好。大水有一次拿着活计去央求表嫂做，表嫂忙不过来，小梅就不言不语地接过去做了。这会儿大水心里想："小梅真不错！要是娶她做媳妇，我这一辈子可就心满意足啦。"

表嫂知道大水心里愿意，跟他爹说了几句话，就回去和娘商量。小梅正坐在炕头上做活儿。她今年19岁了，虽然个子不高，可是长得很结实，平常挑起整桶的水来，走得个快。她娘是个老派人，还叫她留着一条粗辫子，额上梳着"刘海儿"。这当儿，她一对大眼睛抬起来，看见姐姐对她笑着，低声儿和娘说话，知道是在谈她的亲事呢，就不好意思地红了脸儿，低下头，假装做针线活，眼不看，嘴不说，耳朵可直愣愣地听着哩。她心里盘算："大水可真不错呀！好小伙子，老实巴交的，挺和善。能找这么个知疼知热的庄稼人，我这一辈子也就称心如意啦。"【阅读能力点：通过小梅的心理活动，从侧面刻画了大水老实质朴的人物形象。】谁想她娘千不嫌，万不嫌，就嫌大水家里穷，一时拿不定主意，说："这门亲事，慢慢儿再商量吧。"

牛大水的表哥，早就不在家里了。本来他是个铁匠，暗里加入了共产党，就开个饭铺，搞交通，还掩护革命同志来往活动。后来局子里"剿共"，到处抓人，他在家里站不着脚，就出外去了。表嫂成年价织席编篓，养活着一家人。她娘看她挺困难，住了几天，就带着小梅，到姥姥家去。小梅的姥姥家，也不远，在白洋淀里大杨庄。这亲事可就不冷不热地搁下了。

秋后，土匪闹大了。这一带好些村子都有了土匪，各自安了番号。申家庄有个小土匪，名叫李六子。李六子有一支枪，五个人。他把村长申耀宗叫去，说："怎么着？旁的村都安上国号啦，咱村不成立一拨人，人家来吃咱们我可不管哪！"申耀宗瞧他邪得厉害，自己手下的保卫团又都跑光了，心里有些怕，就依从了。当下在家庙院子里安上一口大锅，屋子里盘上一条大炕，"申家班"就算成立了。

这时候，西面铁路线上，日本鬼子往南开，这儿还能透一口气。大水回家就去割苇子了。大水心里结记着杨小梅，她也在淀里呀，亲事怎样了？谁知道小梅拗不过娘，娘把她许给别人了！已经定了亲。男人名叫张金龙，住在何庄，离大水家不远。大水可不知道啊！

就在这几天，何庄也成立了"何庄班"，架势可大多啦。领头的何世雄，是个国民党员，在中央军队伍里当过参谋长，家有好地50顷，枪多人也多。跟小梅定亲的那个张金龙，原是何世雄家护院的，也参加了"何庄班"，还当了个小头儿。另外，有些散兵，有些警察，也参加了。李六子和附近的土匪们，怕吃不住劲，都投奔过去了。"何庄班"这就更霸道，更吃开了。天天向各村要东西，要面800斤，要肉800斤，要油，要醋……他们还要钱，按花户，百儿八十地摊。【阅读能力点：举例子，列出"何庄班"的种种劣迹，刻画了他们丑恶、凶残的嘴脸，写出了当时普通老百姓生活的艰辛。】大水家刚把苇子给申耀宗打了利，剩下的只得交款。

十月，吕正操将军的队伍上来了，马上有好些小伙子奔高阳投军去了。"何庄班"怕红军剿他们，就摇身一变（常用来形容坏人改变面目出现），变成自卫团。有个中央军的连长，外号"郭三麻子"，也是个国民党员，从铁路上逃下来，在这儿混，何世雄封了他个副团长。他两个互相利用，在这一带当起土皇上来了。

这时候，牛大水可还在巴巴地等着结亲呢。表嫂不好跟他们说实话，日子长了，大水也估摸着没指望了。家里又是出项多，进项少，怎么也熬不出头。日子过得紧紧巴巴的，常揭不开锅。

想不到——表哥回来了。

大水去看表哥，可表哥不在家。大水等了一阵，表哥才回来了。表哥姓蔡，人都叫他蔡铁匠，也叫他黑老蔡。

这会儿国共合作，世事变了，黑老蔡也不再躲躲藏藏的了。他把战争的消息报告给大家，还说了许多救国的大道理，什么"打倒日

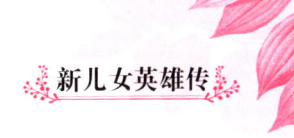

本帝国主义"啦，什么"全国人民总动员"啦，还说要"改善人民生活"……嘿！一套一套的，都是没听过的新鲜话儿呀，人们听得怪起劲。

后来人散了，大水还坐在那儿没走。表哥烁亮的眼睛望着他，忽然说："大水，我问你，你愿意当亡国奴吗？"大水说："谁愿意呀！当亡国奴不好受，你不是说了吗？"表哥走到他身边，低声说："好，不愿意当亡国奴，就跟我干！咱们成立自卫队，日本鬼子来了，就跟他打！"大水刚才听黑老蔡说了半天，可还有些不相信，说："咱们赤手空拳（形容两手空空，没有任何可以凭借的东西），打得过人家？"表哥笑着说："不怕鬼子千千万，就怕百姓起来慢。只要老百姓起来了，没个打不赢！武器也不用愁，咱们有的是，你明儿就帮我去弄回来。"

第二天，表兄弟俩挑着两担鱼篓子，一前一后地走。人们问："哪儿去呀？"黑老蔡随口答："倒个小买卖——趸点儿鱼去。"两个人出了村，沿堤走了一阵，表哥就领着他往西奔。傍黑儿，他俩过了滏河，到了河西村。走到一家人家，一个老婆婆开了门。表哥说："我们来拿东西了。"那白头发的老婆婆掌着灯，引他进了一间草棚子。扒开柴火垛，露出两个麻袋，打开来，里面全是手榴弹。大大小小，足有二三百颗，装了满满四篓子，用荷叶盖严。他们喝了些水，吃了些饽饽，表哥和老婆婆低低说了一阵话，两个人就挑上担子，连夜往回赶。

路上，大水悄悄问表哥："这么些炸弹，都是谁给的？"表哥笑着说："谁也没给。这是手榴弹，都是我们拾来的。中央军撒丫子

跑，这一带丢下的武器可多呢！我们一伙人还拾了好些个大枪、手枪，都交给吕司令了。咱们凭这些手榴弹，就要打江山！嗨，你瞧着吧。"

两个人回到村里，已经鸡叫三遍了。双喜正在学堂等他们，学堂在事变以后早就没人了。刘双喜是个织布工人，捎带种着巴掌大一块地。这人瘦瘦的，很机灵，独个儿在教室里已经挖好两个坑。三个人悄悄把手榴弹藏好，才回去睡觉。

只几天工夫，黑老蔡就暗里联络了十来个小伙子，天天晚上在学堂开会，把"抗日自卫队"的牌子也亮出去了。还到处吹风，说："吕司令给发了好几打'插锁盒子'（盒子枪名），谁要反对抗日，就把谁拾掇了！"

牛大水白天干活，晚上跟着表哥闹腾，觉得很"得"。

申耀宗见黑老蔡回来，领着一拨人，折腾得挺欢，怕他们闹共产，心里很嘀咕。刚好他手下保卫团的团丁回来了几个，他腰杆子又硬了，就想压一压这些人。可又听说他们有枪，就派乡丁崔骨碌先去探探虚实。【阅读能力点：对比描写，申耀宗看到黑老蔡宣传抗日，从只敢暗地里嘀咕，到想压一压黑老蔡，表现了申耀宗欺软怕硬，是个势利小人。】

晚上，崔骨碌悄悄溜到学堂偷听，给自卫队站岗的高屯儿发现了。高屯儿就把他带到屋里去见黑老蔡。崔骨碌心里害怕，一进门就垂着手，做出一副可怜相，说："蔡师傅，蔡先生！你们可别打枪。我这是给人家当差啊！当差不自在，自在不当差，我……我这也是没办法呀！"黑老蔡好言好语盘问他，他不说实话。黑老蔡生气了，一吓唬他，他才骨碌着眼珠子，把申耀宗吩咐他的话，一句句照实说了。黑老蔡觉得好笑，指着那两个装手榴弹的坐柜说："盒子枪、手榴弹可有的是！你回去告诉申耀宗，叫他老老实实的，咱们欢迎他抗日。要再这么背地里鼓捣，我们就跟他干！"崔骨碌连声地答应着，退出去了。

黑老蔡他们连夜商量对付的办法。第二天下午，自卫队每人腰里掖满了手榴弹，有的用皮带勒着，有的用褡包缠着。各人还拿一把小笤帚，用布包好，吊在屁股上，用袄盖着，冒充盒子枪。有的把打鸟的火枪背起来。【阅读能力点：自卫队为了壮大声势，吓唬敌人，故意假装有枪的样子。这也与前文中麻袋里全是手榴弹的情节相互照应。】他们排了队，走在街上，唱着《大刀进行曲》。

他们一路走着，还很威风地喊口号。这么着转悠了几条街。

到了村公所，一拥进去，黑压压地挤了半屋子。

村长申耀宗瞧见黑老蔡他们许多人涌进来，可把脸儿都吓黄了。忙摘下缎子小帽，点头哈腰地让座，又叫崔骨碌倒茶拿烟。【阅读能力点："脸儿都吓黄了""忙摘下缎子小帽""点头哈腰"等细节描写，生动地刻画出申耀宗胆小如鼠、卑躬屈膝的样子。】

黑老蔡在太师椅上一坐，说："不用客气。现在国共合作了，大伙儿团结抗日，既然都是抗日的，咱们就是一家人，你们的保卫团跟我们的自卫队，可以合并在一块儿，统一起来，干什么也方便。你看怎么样？"申耀宗心里不同意，嘴上说："这……"他不好说出口，就假装咳嗽，三咳嗽，两咳嗽，把话都咳进去了。黑老蔡问他："这怎么样？"申耀宗为难地说："这……好倒好，可就是……兄弟一个

人也做不了主，咱们慢慢儿再商量吧。"

黑老蔡见他故意推托，刚想说话，有个老乡跑来报告：孙公堤那儿发现一伙劫道的，在打枪呢。黑老蔡就领着自卫队走在头里，村长和保卫团跟在后面。一伙人沿着淀边，直奔孙公堤。

到了孙公堤，劫道的不见了。绕了一个圈儿，也没找着。申耀宗高高地站在"土牛"（堤上护堤用的土墩）上面，望了一会儿，消消停停地捻着胡子说："哈！幸亏没碰上，你们的手榴弹怕不响吧？"黑老蔡眼睛对他一闪，说："什么？不响！"就拉开线儿，一颗手榴弹飞出去，喊了一声："瞧吧！"手榴弹轰地炸开了，把土冲得很高，惊得野地里鸟儿都乱飞。申耀宗吓得滚下来，趴在"土牛"后面，也不管绸袍儿弄脏了，嘴里埋怨说："你怎么闹这玩意儿呀！"自卫队都拍手叫好。

当天晚上，黑老蔡又派人去请申耀宗，来谈判合编的事儿。申耀宗推托着了凉，打发秘书来说："合了也可以。"黑老蔡提出：申耀宗还当他的村长，自卫队的队长由这边派。两方面结成统一战线，成立动员会，实行有钱出钱、有力出力、有枪出枪。比如：申耀宗私人藏的枪，也应该拿出来抗日。【阅读能力点：黑老蔡的这一系列措施既增强了自身的实力，又破坏了申耀宗想要投机取巧的计划。】秘书回去一说，申耀宗一夜没睡着。第二天，黑老蔡他们又去，申耀宗都应承了。合编中间，保卫团的团丁，有的留下，有的不干了，大枪都重新分配。以前班长带的一支盒子枪，就挎在黑老蔡身上了。

接着，黑老蔡他们到附近各村，把财主家的枪都动员出来，还捐款买枪。抗日自卫队扩大了，枪也更多了。

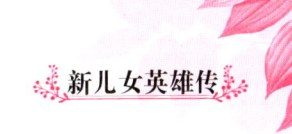

吕司令的一部分队伍来了，专门剿土匪，整顿地方武装。他们派人跟何世雄交涉，要他抗日，要他接受领导，遵守纪律。如果不服从，就要缴他们的枪。何世雄没办法，全部接受了。

腊月初十，杨小梅和张金龙成了亲。

第二回 共产党

名师导读

　　大水和小梅都去县里的训练班接受组织的教育，提高文化程度和政治觉悟。在训练班，他们遇到了一些难题，他们能坚持下来吗？

　　小梅过了门，当了三天新媳妇，过了三天好日子。第四天，就忙活开了。小梅一天要推两回碾子，做两顿饭，还要解苇、碾苇、织一领丈二的席，她可只长着两只手呀！

　　婆婆家早先是个富户，在张金龙爷爷手里就败落了，他们可瞧不起"死庄稼人"，欺侮杨小梅。他们吃好的，小梅常挨饿。

　　婆婆还像防贼似的防着小梅，米面全锁在自己的套间里，每顿做饭，都得婆婆亲手舀出来，不许小梅沾手。就连做鞋用的"夹纸"和"铺衬"，也得婆婆拿钥匙开柜取给她。小梅实在受不住窝囊气，跟她男人又说不来个话。那男人脾气大多了，老是拧眉毛、瞪眼睛。小梅在他面前，什么话也不想说，连嘴都快要生锈啦。她想找娘诉诉苦，可是娘回家了，路很远。小梅只好等机会，跑到姐姐家哭一顿，躲一躲。大水听到小梅这样受苦，心里很难过。可是小梅已经成了人家的人，他又有什么办法呀！

　　敌人在头年腊月来进攻过一次，咱们新编的队伍来到滏河边，打了三天三夜，把敌人打退了。这年春天，敌人第二次来，兵力可大

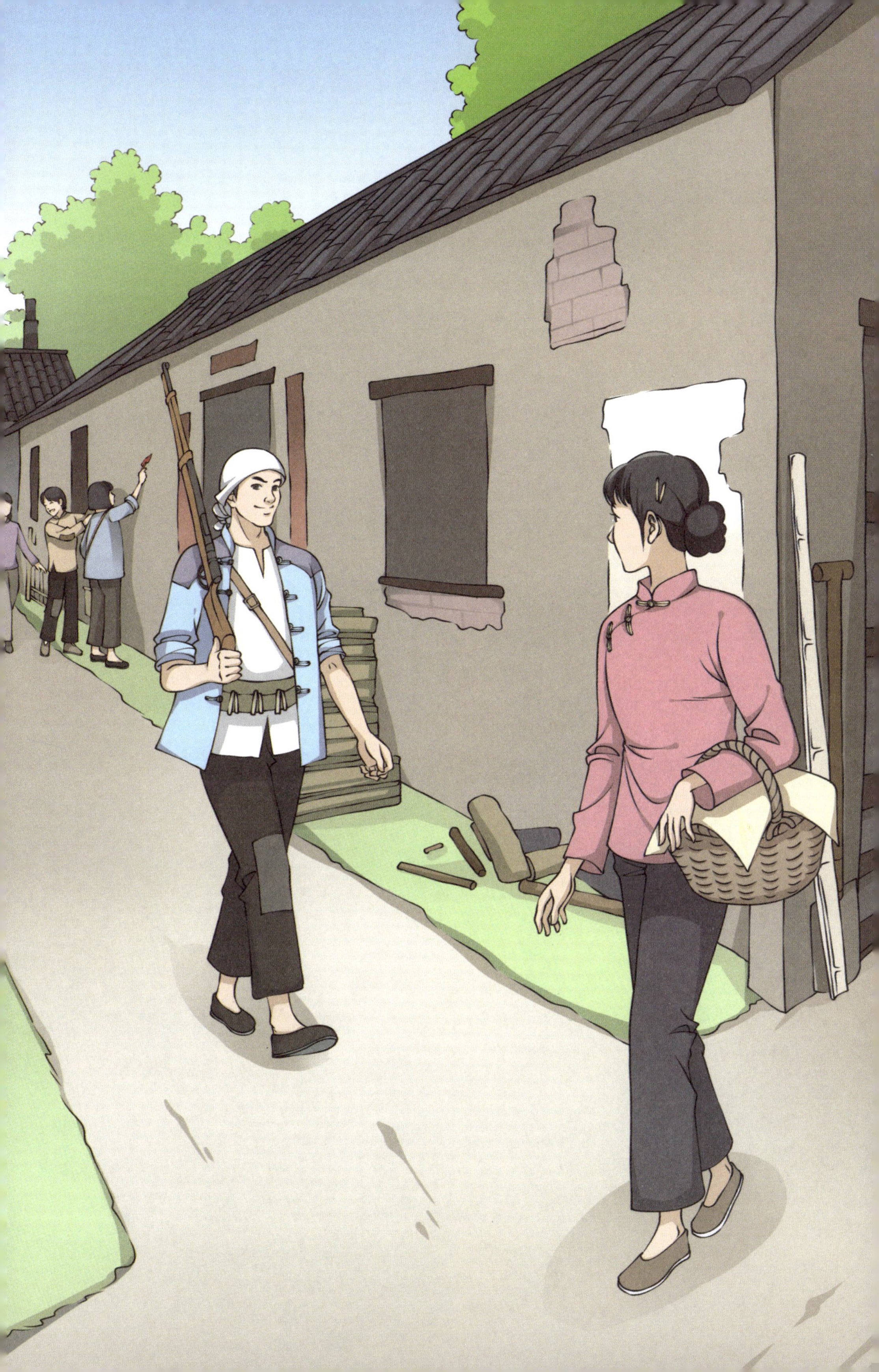

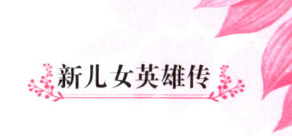

多啦,有一千多人,净是牲口拉的大炮,还有飞机掩护。这边的队伍只有三百多,在河边整整坚持了一天,就被敌人攻过来,占了县城。【阅读能力点:通过列数字,写出了敌我双方兵力悬殊。】咱们的队伍就在农村,配合地方党,继续组织群众,发展武装……

县上的宣传队常到申家庄来,还有女红军,也穿着蓝制服,打着旗子,在街上喊口号,刷标语,登台演讲。小梅有时候来姐姐家,也跟着去开会,看着那些女红军又会说,又会写,还不受压迫,小梅真眼热。再看牛大水,大水头上包着白手巾,身上穿着对襟的蓝褂儿,腰里缠着子弹袋,肩上背着一支大枪,也兴头十足地在街上走来走去。连牛小水也参加了儿童救国会,天天上操,唱歌,很热闹。可是小梅在姐姐家住不上三天,婆婆就要打发人来找,好说歹说,怎么着也得把她叫回去。

秋天,农会成立了。黑老蔡调到工作团,管着好几个村。大水在本村农会里也当上了干部。刘双喜看大水很积极,想吸收他加入共产党。

有一天晚上,刘双喜带着自卫队到西边去破路,挖道沟。到了公路上,双喜先派出警戒哨,又给人们分了段,大伙儿散开,就挖起来。

牛大水很卖力气。天已经冷了,他干着干着就把夹袄脱下一扔,光着膀子,拿个镐,一股劲儿地抡,一个人挖了一丈多,把高屯儿也比下去了。回来的时候,他扛着一根电线杆,电线杆上还套着一盘铁丝。【阅读能力点:通过动作描写、细节描写,表现了牛大水的勤劳朴实。】双喜走在他的旁边,也给铁镐、铁锹、铁丝压得弯了腰,两

个人落在后面了。

双喜说:"大水,你干什么都上劲儿,你真行啊!"大水丧气地说:"咱不行!咱比人家矬(矮)着一截呢!"双喜听他话里有话,就问他。大水说:"我要不矬一截,怎么就不能在党呢?"双喜笑着问:"你知道共产党是干什么的?"大水说:"那还不知道!共产党是抗日的嘛。"双喜问:"还干些什么?"大水说:"还领导咱们减租子,叫咱穷哥们儿也有饭吃。"双喜笑了一笑,说:"对着咧,共产党要叫人人有衣穿,有饭吃,有书念,还要有福享呢。"大水说:"我就是心眼儿里觉着共产党好!"说着把烟管儿递给双喜。双喜一面抽着烟,一面向大水讲解共产党的主张,现在怎么着,以后怎么着,将来怎么着。大水仔细地听,提出了许多问题,双喜都一一解答了。大水越听越起劲,越听越高兴。

大水拉着他说:"双喜哥,你们别这么憋我啦。星星跟着月亮走。我就跟着你们学,你们怎么着,我也怎么着。反正我知道你们净干的好事儿!"双喜就安慰他:"大水,你别着急!共产党最稀罕咱们这样的工人农民。我们已经开过会,决定让你参加了。"大水喜得跳起来:"真是让我参加啦?"双喜说:"你小声些!这事儿可得保守秘密。上不传父母,下不传妻子,谁也不能给知道。"【阅读能力点:连身边最亲近的人都不能知道,可见党的高度的组织性,同时也说明入党的危险性。】大水连连答应。

第二天,双喜叫大水去开小组会,高屯儿他们早等着了。双喜说:"大水,你在了党,可得遵守纪律,服从党的决议啊!"大水说:"行喽,叫我干什么我就干什么。"高屯儿说:"他参加我们这

里头，准一个心。"旁人都说："大水可错不了。"双喜说："大水是不错，就是还有'农民意识'，可得好好儿克服。"大水不懂什么叫"农民意识"，他问他们，大伙儿就你一言、我一语地讨论开了。

过了几天，黑老蔡给双喜来信，调牛大水到县上受训去。

牛大水到了黄花村，找着黑老蔡，刚说了两句话，忽然看见一个小媳妇跑进来，花条袄上滚着土，头发披散着，一看正是杨小梅。杨小梅哭哭啼啼地对黑老蔡说："姐夫，你救救我吧。他们不让我活啦！"老蔡问她是怎么回事。她坐下，一对水汪汪的大眼睛瞧见了牛大水，连忙转过脸去，对着黑老蔡，一时说不出话来。黑老蔡仔细问她，才知道张金龙把她关在屋里，丢下一大堆活儿逼她做，一天可只给两个窝窝头吃。

小梅对黑老蔡说："姐夫，那边我实在待不下去啦。你不常说：打日本不分男女老少吗？我早打定主意，要当个女红军，也去工作。咱不识字、没能耐，哪怕给人家提个水儿，跑个腿儿……干什么都行。反正不待在家里受罪啦！"黑老蔡皱着眉头，想了好一会儿，说："那么你去受训好不好？"小梅问："受训是个什么工作呀？"大水忙说："咹，受训可好哪！又能提高文化，又能……提高政治，就跟进学堂一个样。"小梅说："行喽！受训就受训吧，反正不回去了！"黑老蔡给写了介绍信，还有几个受训的，一块儿到县上去。小梅的婆婆家一时找不着她，不知道她到哪儿去了。

县上的训练班在一所大宅院里。大水他们找到负责人，交了信。那负责人叫程平，三十多岁。

大水和小梅乍一入了训练班，都很不习惯。白天上课，晚上开

讨论会，起床，睡觉，上操，唱歌……干什么都吹哨子，觉得昏头晕脑的，紧得厉害。吃起饭来，二三百口子，分成摊儿，小米饭，萝卜汤，大家吃得挺快。小梅赶不上，把嘴唇都烫出泡来了。晚上睡觉，男同志全在屋里睡地铺，垫着草，枕着砖；女同志优待点儿，屋里还有炕。房子很大，炕又是凉炕，天气很冷啦，小梅没带被子，跟一个叫田英的女同志合着盖。半夜里冻得她腿肚子转筋，净啼哭，心里有些后悔："还不抵不来呢！"常想回姐姐家去。

田英是个中学生，又是个党员，年纪也比她大，常半夜里起来给她转腿肚子，还劝她别回去。有时候把她当小妹妹似的哄着，买烧饼给她吃，小梅也觉得，回婆婆家吧，受不了那个罪；住在姐姐家吧，也还是逃不出张金龙的手。既然出来了，一到训练班，把头发也剪了，当时下了那么大的决心，可总得争口气呀，咬咬牙也就过下来了。

大水夜里着了凉，也闹肚子，可是他最发怵的还是学习。这训练班，各阶层的人都有，程度不齐，服装也各色各样。大伙儿坐在院子里，一面晒着太阳，一面听课。大水包着头巾，穿着破棉袄，还束着个褡膊，插着个小烟袋儿，坐在前面，抬着头，眼巴巴地听课呢。可是，什么"目前形势"呀，"统一战线"呀，"游击战术"呀……他都听不懂。有个教员是长征老干部，湖南人，还问他："你听等（懂）听不等（懂）？"大水瞪着两个眼儿。旁人笑着说："问你听懂听不懂！"可闹了笑话啦。大水看着有些人哗哗哗地记笔记，心里想："多会儿熬磨到能记个录，可就好了！"

开起讨论会来，这个小组里，就大水和小梅不言声。别人问：

"你们怎么不发言呀？"大水说："咱们一个庄稼脑袋，叫我说个庄稼话行喽，叫我发言，我知道怎么发呀？"小梅给人催急了，臊得她差点儿哭出来。大伙儿劝他们："记得几句说几句，慢慢儿就学会啦！"大水好几夜翻过来，掉过去，睡不着觉，愁了个半病子。他对小梅说："咱俩可是高粱地里耩秫子，一道苗儿，两个傻蛋，往后受罢训回去，什么也不懂，可怎么着？"小梅也愁蹙蹙地说："谁说不是呀！咱们两个笨鸭子上不了架，受了一回子训，就装了一肚子小米饭，回去怎么见人哪？"大水说："咱不信！人家是人，咱也是个人，咱就学不会？"【写作能力点：使用反问句，语气强烈地表达了大水不服输的精神。】

每天，在休息的时间，程平教他们识字。大水晚上躺下，还在肚皮上画字呢。上课的时候，他硬着头皮听，慢慢地也就听出个意思来了。小组会上，大水下决心发言，憋出一身汗，前言不搭后语，结结巴巴地说了一泼滩。小梅红着脸儿，也跟着学了几句。大伙儿都说："好了好了，这两个可有了门儿啦！"

大水可比谁都勤谨。每天，他起得最早，扫了院子扫屋子，把同志们的洗脸水、漱口水都打好，等大家起了床，又把一个个铺盖卷儿折叠得整整齐齐的。在生活检讨会上，他闹了个模范，许多人都夸他。

大水进步，小梅也很有进步。田英想介绍小梅入党。小梅想来想去，拿不定主意，就找牛大水商量。大水着急地说："嗨，你这个人真糊涂！这是个最秘密的事儿嘛，你怎么告诉我呢？"他可不知不觉地暴露自己说："幸亏我在了党，要不，你就'暴露'给人家啦！"

小梅害怕地说："那怎么办呢？已经给你知道啦！"大水很秘密地说："你就参加吧。在了党，可就有了主心骨啦。"【阅读能力点：入党是一件需要保密的事，但大水在教育小梅时却将自己也暴露了，不禁令人捧腹大笑，表现了大水和小梅在成长为革命者初期的稚嫩、毫无经验。】

小梅见到田英，就同意参加了。陈大姐和小梅谈了三次话，让她填了表。和小梅一块儿入党的有十几个人，举行了入党仪式，大家对党旗、对毛主席的像宣了誓……以后，就常跟大水他们一块儿上党课。

一天下午，训练班来了一个人，中等个子，二十七八，穿了一身军装，镶着一颗金牙，夹个包袱，来找杨小梅。

张金龙一见小梅，就咧着个嘴，问长问短，很是亲热。又打开包袱，拿出一件大袄说："快穿上吧。天这么冷，别冻着了！"小梅从来没见他这么好过呀，心就软了。张金龙说："缺什么你就说。穿了大袄，咱们到馆子里吃饭去。"小梅穿好大袄，和程平说了一声，就跟他去了。

他俩到了一家饭馆。李六子、小小子先占了一间暖呼呼的房，在等他们呢。张金龙叫了好酒好菜，请小梅。吃饭中间，张金龙对小梅说："你今天就跟我回家！咱们走吧！"小梅急得眼泪汪汪地说："就是走，我也得跟班上说一声啊。"张金龙说："那边我负责，你不用管！"说着，拉住小梅的胳膊就往外走。

李六子和小小子把小梅架上马，拉着就走。张金龙提着枪，跟在后面。

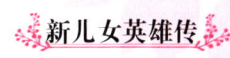

天更阴了，絮絮地飘着雪花。小梅骑在马上，可急得没法了呀！到了村口，她一骨碌从马上滚下来，跌在地上，嚎开了。张金龙用枪头戳着她，凶狠狠地说："你走不走？不走我打死你！"小梅嚎着说："你打死我，我也不走了！"张金龙解下皮带，正要打她，忽然看见那边好些人呼呼呼地跑过来，头前是个牛大水，分明都是训练班的人。一看势头不对，张金龙咬着牙，指着杨小梅说："好！你厉害！咱们以后瞧吧！"说完，跳上马，带着李六子、小小子，一溜烟跑了。

第三回 农民游击队

名师导读

大水接受上级命令，带领游击队保卫老百姓，武装反抗日军、伪军。但是第一次与伪军的正面交战，由于队员们经验不足，乱打一气，放跑了敌人。战后，游击队召开检讨会，检讨错误、吸取教训。很快，他们迎来了第二次作战……

张金龙回到何庄，照旧在自卫团鬼混。

自卫团打着抗日的招牌，尽糟害老百姓。吕司令得到老百姓许多反映，知道这个自卫团实在要不得，就派队伍把它改编了。何世雄自个儿心虚，带着郭三麻子、李六子几个，偷跑到国民党反共头子张荫梧那儿去了。张金龙在家里养伤，没有去。

.年跟前，县上的训练班结束了。杨小梅不愿意回村，就分配在区妇救会工作。婆家几次三番想拉她回家，她坚决不回去，他们拿她也没有办法。

牛大水受罢训，回到申家庄，当了农会主任。村里实行合理负担，村长申耀宗瞒地，给农会查了出来，申耀宗丢了脸，就辞职不干了。村里另选牛大水当了村长。

大水碰见杨小梅。小梅头上包着白手巾，胳膊弯里夹着个蓝布小包，脸儿红红的，眼睛亮亮的，瞧见了牛大水，就笑起来，说：

"嘿，挂上公事包儿啦！"大水指着她的小包说："你这还不是？"又问她："你来干吗呀？"小梅说："找你啊！"大水说："找我干吗？"小梅笑着说："我来这村组织妇女，你是村长，我不找你找谁呀？"大水也笑了。

春天，鬼子占了市镇，离这儿更近了，还经常出来骚扰。这一带的抗日自卫队，大部分参了军，编进地方兵团，开到别处去了。各村又纷纷成立游击小组。刘双喜在中心村当村长兼支部书记。上级又调牛大水到中心村当中队长，领导几个村的武装。

大水一路走，一路也直发愁："叫我干旁的工作，还能凑合凑合。叫我带兵，可怎么个带法呀？"到了中心村，找到刘双喜，大水愁眉不展地说："双喜，你看我干得了这个？"双喜说："慢慢地学吧。"又指着一位退伍的老军人说："他是这村的冯国标，是以前东北军的老排长，挺有经验，往后可以给咱们帮忙。"大水很高兴，就跟老排长谈得挺热火。双喜交给大水一支盒子枪，说是区上给的。大水从枪套里抽出枪来看了看，怕它走火，又不敢动，笑着说："嗨呀！这玩意儿怎么个使法呀……"老排长教了教他。大水挎上盒子枪，觉得挺美。过了几天，游击队刚好在操练，有人来报告说："西渔村来了几个伪军，都带着枪，在村公所打人呢。你们快去吧！"老排长就站出来说："今儿个是白天，动作要迅速，包围得快，去了就压顶，压了顶就没有危险了。"大伙儿嚷着说："着哇！先去压顶。"

他们离西渔村二里地，就跑开了，跑了一阵，都张着大嘴，呼呼呼地喘气呢。跑到村口，老排长落在后面，他挥着手喊："快去几

个人。村口都站上岗！"可是谁也没注意，都忙着跑去"压顶"了。
【阅读能力点：大家没有听从老排长的安排，为后文伪军的逃跑做了铺垫。】

大伙儿跑到村公所，纷纷上房。老排长也赶来了，爬上房顶。大水悄悄问他："怎么不见人，不是又扑空了？"老排长就下命令说："扔砖！"三面房顶上，就拆下花墙，把砖噼里啪啦地扔下去，可是屋里院里还是没一点儿动静。

高屯儿着急地说："这怎么回事？我下去瞧瞧。"他下了房，端着个大枪，走到北屋门口。一推门，里面"叭"地打了一枪，高屯儿忙一闪，钻进旁边的磨棚里去了。几个伪军一面朝房上打枪，一面往外冲。牛大水趴在花墙边，藏着脑袋瓜，大喊："出来啦，快打，快打！"可是越着急，手里的盒子枪不知出了什么毛病，越打不响。大伙儿都低着头乱放枪，伪军可冲出去了。老排长忙喊了一声："追！"大伙儿都下了房，乱哄哄地追去。

他们追到村外，看见伪军就在前面跑呢，心里都挺着急，忙着开枪打，谁想后面的人把前面的人打着了。

有人喊："坏了坏了，崔骨碌挂彩了！"大水忙转身回来看，原来是高屯儿把崔骨碌的胳膊打着了。大伙儿只顾招呼伤号，伪军就跑掉了。【阅读能力点：这是大伙儿第一次与敌人交战，没有任何经验，导致作战失败，放跑了敌人。】

牛大水回来以后，很懊恼，独个儿趴在桌子上，呼哧呼哧生气呢。正觉得倒霉不过，外面又来了个老婆儿，是崔骨碌的娘，大水连忙钻到里间屋，把门插上，不敢见她。老婆儿一面数落着，一面气冲

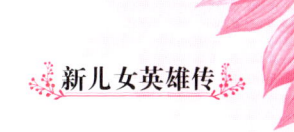

冲地走进来。旁人说："大水不在。"还劝她。双喜来了，老婆儿拉住他说："村长，你说怎么着？我小子要残废了，我靠谁去？"双喜说了许多好话，老婆儿还是不依。

双喜答应批150斤小米，给崔骨碌养伤。崔骨碌嫌少，争来争去，最后给他批了250斤，他娘儿俩才拿上米条走了。

刚走，马胆小又来交枪，他因为崔骨碌挂彩，心里害怕，又听了他媳妇的话，觉得家里有几亩地，够吃够喝，干吗还闹这送命的事儿呀？就提出来，坚决不干了。一提起打仗，他就脸色发白。双喜笑他："你哪一辈子是吓死的呀？"马胆小说："不……不……不胆小，可就是不由得我自己呀！"谈了一阵，双喜明白了他的想法，就跟他说，打日本就是保卫咱们的土地嘛。开导他半天，马胆小才耷拉着脑袋，提着枪去了。

大水不想干了，双喜找他谈心。双喜问大水："你说你不干了，你为什么不干呢？"大水说："我带不了兵，打不了仗，怎么干呀？"双喜笑起来说："谁从娘肚子里生下来就是个大将军呀？谁还不是慢慢儿学的！"

大水苦着脸说："旁的事儿好学，这个事儿弄不好就要伤人嘛！"双喜看他太丧气，就坐在他旁边安慰他："打仗还能不伤人……咱们明天开个会检讨检讨，看毛病出在哪儿，多琢磨琢磨就有办法啦。"又悄悄地跟他说："黑老蔡说的，咱们共产党员得不怕碰钉子，越碰越硬邦，碰成个铁头就什么都不怕啦。"

这晚上，大水就在双喜那儿睡，他可睡不着，心里觉得怪为难，又觉得双喜的话也说得不错。

第二天在中队部，召集了个干部会，分队长们都到了，黑老蔡也来参加了这个会。会上，黑老蔡笑眯眯地说："咱们这一部分游击队，打了回小仗，虽然没什么胜利，总算把敌人吓跑啦。"大家都笑了。黑老蔡说："正经话，都是庄稼人嘛，可也不容易啦！缺点是有，那不要紧，克服了缺点，就是优点。古话说得好：'人在世上炼，刀在石上磨。'你们今天就好好儿检讨检讨吧！"

老排长急着发言："我说，咱们这队伍太乱！一打起仗来，就跟蜂子乱了营似的，这还行啊？【写作借鉴点：比喻手法，形象生动地写出了大家伙在打仗的时候毫无纪律、乱成一团的场面。】照我们的老规矩，官长说句话，谁也得服从。叫你朝东你朝东，叫你朝西你朝西，谁都不能错一步。军令重如山啊！不听指挥，还能打仗？"

大家都检讨出许多缺点。

老排长兴奋起来了，站起说："我说，我说！"大家说："你说吧！"老排长说："我说呀，再打起仗来，咱们得有计划；还得侦察好，还得联络好；还得，还得有个嘎嘣儿脆的纪律！"双喜说："着！咱们订上几条纪律好不好？"大伙儿说："好！"

黑老蔡瞧大家劲头儿挺足，心里很高兴，说："这么着行喽。只要有信心，有勇气，仗打得多了，自然就有经验啦。"他眼睛里露着笑意，对大水闪了一眼，说："以后有事儿要沉着，把舵的不慌，乘船的才能稳当。【阅读能力点：黑老蔡把带兵打仗比喻成把舵划船，将抽象的道理简单化、生活化，形象生动，让人更容易理解。】中队长掌握分队长，分队长掌握队员，一级级掌握好，就没问题啦！"

五月，麦梢黄了，庄稼人忙着下地收割。全区的游击队都调到边

缘地带，保卫麦收。

牛大水这一伙守着堤，已经三天了，还不见河那边敌人的动静。天气挺热，知了在堤边的柳树上鼓死劲儿地叫，队员们在柳荫底下坐的坐，躺的躺；有的在地里帮老乡割麦；有的到河深的地方打扑腾去了。

忽然，侦察员从河那边飞跑过来，蹚水过河，到堤上报告，说敌人已经到了沙滩村了。沙滩村就在河对面二里地。大水望见，那边老百姓乱跑，可把大水急坏了。老排长忙说："快吹哨子集合！"大水又吹哨子，又在堤上跑着喊叫。慌得那些打扑腾的队员们，拿着大枪和衣裳跑来了。

大水流着汗说："鬼子已经到了沙滩村，大家赶快准备好，我不叫打，谁也别乱放枪！咱们订的那些条儿，你们都记住啦？"大家喊："记住啦！"大水说："好，就这么着！谁犯了也不客气！"老排长大声插嘴说："军法不容情啊！"大水一挥手："去吧！"人们都跑到堤坡上趴下，守住自己的岗位。

老排长叫大水马上派交通员，去报告黑老蔡，交通员飞跑去了。大水很不放心，提着盒子枪，这头跑到那头，一路叮咛大伙儿："这回可得瞅好了，瞄得准准的。别慌！别乱！"大伙儿都一动不动地趴着，紧张地瞅住河对面的村子。

等了好一阵，不见敌人过来，大水觉得挺奇怪。老排长探出个头儿，东瞧西看，突然对大水说："啊呀！敌人已经到跟前了！"原来大家只注意前面那个村子，没提防十来个鬼子和伪军，已经从右边树林里出来，快到河边了。大水着急地说："怎么办？"老排长说："别

慌！那儿河水深，他们怎么着也得从这儿过。马上下命令，等他们蹚水的时候一齐打！"【写作借鉴点：通过对大水和老排长的语言描写，使用对比的修辞手法，突出了大水的慌乱和老排长的沉着冷静、斗争经验丰富。】大水就急忙把话往两头传：谁也不准乱放枪，听队长喊"一二"为记，喊到"二"字一齐打。

大伙儿露出眼睛，气也不敢透地瞧着，敌人一个个提着枪，鬼头鬼脑地往这边来，头里一个便衣的汉奸引着路，一会儿，就绕到了河对岸，开始蹚河了。大水等得着急，喊了声："一——"谁想艾和尚沉不住气，就"叭"地一枪放了出去，大伙儿也一齐放开了。

敌人冷不防，都吓慌了，连忙往回跑。引路的汉奸和一个鬼子被打死在水里。队员们一个劲儿地放枪。老排长喊："看不见人别打啦，省几颗子弹吧！"高屯儿跳出来，喊："去水里摸枪哟！"几个人跟着跑下堤，扑通扑通地跳到水里去。牛大水喊："别都下去，防备着点儿敌人吧！"

一阵工夫，高屯儿背着一支三八大枪，别人有的戴着钢盔，有的拿着子弹，嘻嘻哈哈地上来了。

下午，更多的敌伪军从对面沙滩村出来了。头里打着太阳旗，看得见一个日本军官挎着东洋大刀，还有号兵拿着亮闪闪的铜号……那边，树林跟前，高高的土墩儿上旗子一摆动，铜号吹起来了，东洋大刀出了鞘，敌人全散开，往这边跑。

堤上的游击队，望着都慌了。牛大水心里也止不住扑通扑通直跳，想着："一家伙来了这么些，怎么顶得住呀！"可是，他看见黑老蔡领着县大队呼呼呼地上来了，一下都趴在堤坡上，哗啦啦地拉

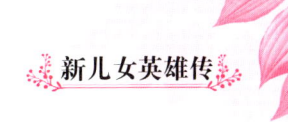

着枪栓。黑老蔡声音响亮地喊:"准备好!听我的指挥!谁也别先开枪!"

对面,枪声响了,子弹嗖嗖嗖地从头顶上飞过,打得队员们抬不起头来。大家急着等口令,黑老蔡可紧盯着那边不作声。敌人在机关枪的掩护下冲锋了,一个个弯着腰,端着刺刀冲过来,到了河边,就蹚水。黑老蔡突然一声喊,这边乒乒乓乓一齐打过去。头里的敌人倒下了,后面的敌人赶忙退回去,那边的机关枪、步枪一股劲儿地打。敌人一连冲了三次,都给打了回去。【阅读能力点:敌方的武器、兵力都胜过黑老蔡等人,但最后还是被黑老蔡带人打回去了,可见黑老蔡具有很强的组织和领导能力。】

天黑了,敌人撤回沙滩村去了。枪声还稀稀落落地响着。望得见那边村外烧起一堆堆火。听得见鬼子的声音"呜——噢——"地乱叫。

老乡来慰劳他们啦!

大水他们撤到几棵大树下,把送来的绿豆汤、大米稀饭喝了三大桶。双喜把老乡们慰劳的烟卷儿发给大家。

儿童团长牛小水也帮着送子弹、手榴弹来了,跟大水他们到堤根看看。

罗锅星转到西天了。杨小梅带着一帮妇女,扛的扛,抬的抬,来送干粮。到了离堤一里地的村子,碰见刘双喜。双喜说:"黑老蔡叫你们就放在这儿,别往前走了。"他领她们走进一个大院子。院子里支着几口大锅,好些老头儿老婆儿在忙着烧水熬粥呢。

双喜到堤上叫人。大水这一拨顶得最久,黑老蔡叫他们先来。他

们走进院里，就给妇女们围住了，只一会儿工夫，许多卷子、烙饼、煮鸡蛋、咸鸭蛋，塞满了队员们的手里。

小梅在受训以前就有了身孕，这时候身子已经很沉了，大水看她腆着个大肚子，跑来跑去地忙着招呼，就对她说："我们自个儿来，你们忙了多半夜，又送了这么远，也该歇歇啦！"小梅笑着说："看你说的！你们顶着打了一天一夜还不累，我们累什么呀！"

鸡叫了，刮起一阵凉飕飕的小风。忽然听见噼噼啪啪地响起来，老排长猛地站起来说："这是敌人拂晓进攻！"【阅读能力点：老排长听见噼噼啪啪的响声，就知道敌人要进攻了，再一次突出了老排长斗争经验丰富和小心谨慎的性格特点。同时，引出下文的故事情节。】大水放下碗，挥着手说："别吃了！咱们快走！"队员们都拿着枪，奔了出去。大水跑到门口，又转身对小梅说："你们妇女还是走远些吧。"小梅说："不碍事，你们别担心！"大水他们跑去了。妇女们都聚在村口，不放心地望着。

大水这一伙跑到堤边，天蒙蒙地发亮了，头顶上，子弹唰唰地直飞。黑老蔡紧张地指挥着，说敌人快要冲锋了，大家要坚决勇敢，多操点儿心。大水他们刚爬到堤坡上，敌人的冲锋号就响了，看得见散开来的敌人往前直蹿，刺刀都闪闪发亮。尽管游击队拼命打，有些敌人倒下了，可是很多的敌人还是飞快地蹚水前进，头里的已经爬上岸来了。

游击队伤亡了几个，眼看着顶不住，好些人慌乱了。马胆小、艾和尚几个人脸色死白，都抽回枪，出溜到坡底下。牛大水急得浑身是汗。只听见黑老蔡大喊："同志们！快甩手榴弹呀！"

新儿女英雄传

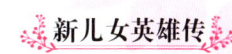

　　他一只大手，五个手指头卡着四颗手榴弹，一齐甩出去。接着许多手榴弹都飞开了，轰隆隆地山响。跑到堤跟前的敌人，刚好挨上。

　　可是，又有好些敌人爬上岸来了。队员们有了信心，手榴弹像下雹子似的扔过去，烟、土冲得老高。【写作借鉴点：比喻手法，写出了手榴弹数量多，攻势密集，将此时战场上硝烟弥漫的情景形象地描绘出来了。】日本军官可不顾士兵们的死活，照旧指挥他们往上冲。突然，敌人的后面，东边也响了枪，西边也响了枪，树林里，乱坟堆后面，那些老蔡派去的游击小组，都打开了。吓得鬼子和伪军转身就跑，纷纷乱乱地撤退。一路上丢下了许多东西。黑老蔡光着脊梁，黑油油的，露出一身疙瘩肉，举起盒子枪，喊了声："追啊！"就跳到堤上，冲了下去。大伙儿跟着他，大声喊叫："追啊！杀啊！"都呼呼呼地追下去了。

第四回 毒计

名师导读

秋天到了,老百姓都忙着加固河堤防洪。但日本人故意挖毁河堤,使洪水淹没了好几个县城。党和政府连忙组织党员干部救助百姓。这时,投靠日本人的何狗皮来找张金龙,请他喝酒。何家父子又在打什么鬼主意呢?

打退鬼子的第二天,黑老蔡来找杨小梅。小梅正在接受各村送来的慰劳品。慰劳品真多啊!黑老蔡对她说:"你婆婆病得挺厉害,你公公来接你回去。"又告诉她:何庄的村长也来信,说何世雄走了以后,张金龙没个靠头,以前郭三麻子走火打了他,现在他的伤好起来,可规矩多了。眼下他娘病重,只要小梅回去走一遭,他保证不打她骂她。回家去生了孩子再出来工作,或许还方便些。小梅淌着眼泪不愿意回去。黑老蔡劝了半天,她才答应了。

小梅跟公公回到家里。当天晚上,婆婆就咽了气。一家人办丧事,忙了几天。刚停当,小梅就闹肚子痛,孩子不足月就生养了。公公看孩子瘦得像小鸡儿似的,可是个男孩子,心里挺喜欢,只怕小梅再出去工作,有时候故意给小梅弄点儿好的吃,想拢住她。

恶婆婆一死,小梅就少受许多气。张金龙在新政权底下,不能胡作乱为,也收心多了。他瞧小梅是个区干部,月子里,许多老百姓、干部来看望她，妇女们有什么问题还找她讨论，也就不敢再欺负她、虐待她了。小梅以前不满意张金龙，也想到过离婚。可是现在有了孩子，孩子是自己的肉啊，怎么也不能叫孩子受罪抱屈。她想："为了孩子，能对付就对付吧！"

这时候，大秋快到了，下着连阴雨。淀里的水，河里的水，都涨了。【阅读能力点：交代时间、背景，引出下文护堤防洪的事情。】这一年的庄稼挺好，就怕涝。黑老蔡紧急布置护堤防洪。

双喜、大水急忙动员老百姓连夜上堤。水离堤面只一尺了。蒙蒙的细雨还下个不停。天黑得对面不见人影。大家用苇皮子点起了火把，沿着堤，像一条火龙，仔细地检查堤工，堵獾洞……又把堤这边的泥土运到堤上加高，水涨土也涨，直闹了一夜。第二天，雨还是不停地下，水还是不停地涨，大家淋得水鸡似的，都说："下刀子也得干，怎么也不能叫毁了！"【写作借鉴点："下刀子也得干"使用了夸张的手法，表明了大家护堤防洪的决心。】连饭也顾不上吃，又忙活了一天一夜。

到第三天，雨下大了，水也涨得更快了。眼看快跟堤平，再下两三指雨可就坏了。急得双喜在堤上来回跑，滑了好几跤，嘴里喊着："乡亲们！赶快在堤上打埝子，还能有救，死活都在这上面了！快找桩，捞着什么拿什么！咱们豁着干吧！"

各村都闹腾开了。男人们抢了东西就往堤上跑。正在病着的老排长，也忙从炕上下来，拿了根木棍，急急忙忙地往堤上走。连妇女、孩子都抱着柴火，提着鱼篓子，扛着橡，拖着檩，冒雨往堤赶。大水把中队部的门窗全摘了，背起两块门板就飞似的奔。小梅在家里听到

锣声，听到叫喊，心里乱腾腾的，丢下孩子，在院子里转了个圈儿，也不管公公唠叨些什么，背起一捆织席的苇子就跑。

堤上，人们乱喊着，打桩的声音咣咣响。土牛平了，窝铺拆了。搬东西的，运泥土的……人来人往，乱成一片。忽然，东边开了个水眼儿，大伙忙着堵。忽然，西边又开了个水眼儿，大伙又忙着堵。不好了！西边的水眼儿堵不住，越冲越大，决开了五尺宽一个口子，水哗哗哗地直灌。大水、高屯儿十几个小伙子，大半个身子浸在水里，抬着门窗家具，扛着装泥的鱼篓子，拼命去堵，连人带东西都给冲了下来。【阅读能力点：十几个小伙子连带着门窗家具都被大水冲了出来，说明了水势的汹涌，突出了情况的危急。】

坏了！口子决开一丈多宽了！人们都抓了瞎，没有招儿了！正在这个节骨眼儿，水面上来了个"大槽子"，是分区来买苇的大船，老排长和双喜把它引来了。船上装着满满的苇，有一丈多高。进了这决口，双喜在船头上喊："撑住！撑住！"老排长叫："快把船底砸破！快！使劲儿砸！"船沉了。人们一下子涌上来，把各种家具柴火扔在上面。大水高声喊："快抱泥！一个个地传！"说着奔下来，抱起一大块泥疙瘩，递给旁边的人，一个传一个，很快传上去了。一时，村干部们领导着，站了几排人，纷纷地把泥疙瘩往上传。闹了好半天，才把口子堵住了。

傍黑，雨停了。水面上，地面上，雾腾腾的。护堤的人们不敢歇。天一黑，灯笼、火把又活动起来了。第四天，水不再涨，人们可还不敢离开堤。后半晌，水开始往下抽了。大家才松了一口气。从堤上望见地里的庄稼绿油油的，越发长得旺了。高粱蹿了一丈多高，棒

子吐了红缨儿,棉花结了桃,稻子、谷子……顶少有八成年景。喜得老人们忍不住念一声佛,孩子们拍着巴掌笑。年轻人说:"熬了这几天总算没白费,再苦也是痛快的!"老乡们说,这回干部可卖了力气啦,都劝双喜、大水和村干部们回去歇歇。

这一天晚上,家家户户吃了松心饭,都早早歇息了。只有游击小组轮班守着堤。高屯儿自告奋勇,在堤上来回监督着。

夜里,敌人出动了。在河的上游,他们占的一个险口那儿,集中了二三百民夫,来扒堤。堤很高,鬼子指挥着先挖没有水的一边,挖了十几丈长。快要挖透的时候,在中间挑了个小豁口,人急忙往两边闪开,跑得远远的。水唰地冲下来,不多时,一个口子就开了一百多丈。那水响的声音,20里地远都听见了。

双喜、大水正睡得死死的,忽然高屯儿把他们推醒,着急地说:"你们还睡觉!敌人那边决了堤,水已经下来了!"村里人声嘈杂,很多人着急地跑到房上看。只见水来得那么猛,好好的庄稼,立时都给淹了!眼看着水就要进村,村边打埝子也来不及了啊!人们喊着叫着,慌忙地把屋里的粮食往房上倒,有的抱着东西往船上跑。可是水已经进村了!村里人乱哄哄的,大哭小喊。牛大水心里跟刀子戳似的,忍不住呜呜呜地痛哭起来。双喜觉得眼前冒金花,心口一阵热,喉咙里很腥气,哇哇地吐了几口血。他一屁股坐下来,靠在花墙上仰着头,憋得喘不过气来。【写作借鉴点:这两句综合运用了心理、神态、动作描写,细致地刻画了大水和双喜在得知决堤后悲痛、绝望的心理,从侧面突出了敌人的狡诈与狠毒,引发读者的共鸣。】

第二天,水越来越往上涨,一会儿涨一尺,好些房子倒塌了。人

们在高房上挤成堆，有的逃在船上。到处都是哭声！

这一年，敌人扒了几处口子，"以水代兵"，淹了好几个县。光这一片，就淹了一千多顷！上级党和政府，急忙发动没受灾地区的老百姓募捐救济。干部们节衣缩食，拨出大批公粮，开水赈。一船船、一船船的粮食运来了。每人一顿按六两米发。还有柴火，还有款……水退了，政府又调剂来麦种，发动种麦子；还组织妇女织席编篓；领导男男女女搞各种副业生产。遭难的老乡亲，才度过了灾荒。【阅读能力点：举例子，列出党和政府对灾区百姓的种种帮助，表明了党和政府对人民的关爱，更加反衬出鬼子和伪军的可恶和残暴。】

赈灾当中，双喜、大水经常到何庄帮助工作，也顺便去看看杨小梅。小梅家里没人会使船治鱼，又不会干旁的营生，生活挺困难，也得到了政府的救济和帮助。张金龙嘴里不说，心里可是很感激。黑老蔡来信催小梅去工作，小梅跟张金龙说："我在家里待得太久了，得赶快回区上去。孩子带在我身边就行。只要你同意我工作，我有空还可以回来瞧瞧。"张金龙想了半天，说："行！要走你就走吧。"就帮她打整铺盖。

年跟前，公公把小梅娘儿俩接回去。一家人还算和气。

第二天晚上，张金龙在街上碰见何世雄的儿子何狗皮。何狗皮一把拉住他说："走走走，到我家喝两盅去！"这时候，何世雄已经偷偷地回来了，躲在家里。自从吕司令改编他的队伍，他自个儿心虚逃走，在国民党张荫梧那儿混了一个时期。这回张荫梧派他进城，到日本人那儿去，他秘密地路过这里，顺便回家瞧瞧。他念着张金龙的枪法好，胆子大，用处很多，特意打发儿子把张金龙叫来，想把他带走。

张金龙跟着何狗皮，来到何家大宅。

何世雄正喝得高兴，摘下皮帽子，露出光溜溜的秃脑瓜，一对三棱子眼儿瞅着张金龙，说："金龙！别在家里受罪啦，跟我出去跑跑吧！你跟了我十来年，我挺凭信你。你是个有材料的人，出去好好儿干，我准提拔你！"

张金龙问："咱们到哪儿去？"何世雄喝了一盅酒，慢慢儿跟他说："你先要明白现在的大势。你别信共产党那一套，他们是兔子的尾巴——长不了！你跟我到城里去，将来剿灭了共产党，这方圆几百里，乾坤还不掌握在咱们的手掌心里！"

张金龙心里很活动，说着，旁边何狗皮也劝张金龙。最后，张金龙马马虎虎答应了。临走，何世雄给了他十两大烟土，说："这事儿你可一个字儿别露！我走的时候再叫你。"张金龙就回去了。

小梅哄孩子睡了觉，在灯底下做活。很晚了，忽然瞧见张金龙喝得脸儿红扑扑的，回来了。

张金龙倒在炕上，说："我渴得要命，快烧点儿水吧！"小梅出去抱柴火了。张金龙悄悄掏出怀里的烟土，藏到立橱底下一只破套鞋里。

小梅可多了个心眼儿，早在窗子外面瞅见了。【阅读能力点：说明了小梅心思细腻，警觉性高。】她不动声色（形容神态非常镇静，说话、神态仍跟平时一样没有变化）地抱着柴火进来，一面烧水，一面偷偷伸手到橱底下摸。摸出个油纸包儿，暗里打开来一看，见是烟土，就顺手揣在怀里。烧开了水，她盛了一碗放在炕沿上，推醒张金龙。

张金龙见抵赖不过，又怕她闹，就随口应付说："是何狗皮给的。"小梅说："他平白无故（指无缘无故，没有道理，没有原因）地给你这个干吗？"张金龙笑着说："他看我生活太困难嘛！"小梅奇怪地说："咦！怎么才发水的时候，他不帮助你呢？"张金龙给她问得答不上来了。小梅说："咱们两口子，好歹我都要担待着点儿！有什么事儿要瞒着我呢？你就说给我，我也害不了你；你不说给我，我可不依你！怎么来怎么去，你就一五一十（比喻叙述事情像点数那样清楚有序，没有遗漏）地说了吧。"

张金龙给她捞着线头儿了，逼得没法，只好说："我告诉你，你可千万别说出去！这是何狗皮他爹给的。他想叫我跟他到城里去。城里我是不去的，你放心。我要哄你，骂我八辈姥姥！"小梅笑着说："去不去在你，干吗跟我赌这个咒呀！"说着就吹灭灯，脱了衣裳睡下了。

小梅可没睡着。她听张金龙呼呼地睡熟了，就悄悄儿开了门，跑出去了。奔到中心村村公所，见到双喜，把前后情形说了一遍。她怕家里人发觉，说完就连夜赶回去了。

双喜忙找着牛大水，两个人商量了一下，赶紧带领游击队，奔何庄去。把何世雄的住宅里里外外，哪儿都搜到了，就是找不着何世雄，连何狗皮也不见了！

原来何世雄父子听见狗叫，从屋里的暗道逃跑了。

第五回 新女婿

名师导读

黑老蔡和小梅轮流给张金龙做工作,希望他能走上正道,为抗日做贡献。大水的爹为大水说了一门亲事,但就在大家伙高高兴兴办喜事的那一天,鬼子来了……

新年里,黑老蔡夫妻俩抱着孩子,到张金龙家里走亲戚。

黑老蔡问起他的伤,张金龙说:"伤早好利落了,就是坐下了病根子,什么营生也不能干,过日子可真难!"黑老蔡安慰他:"金龙,这个你不用发愁。在抗日政府底下,多会儿也不能让你家里挨饿。"他又笑着说:"有能耐的人很多,就看走明路还是走暗路了!有的给鬼子办事,落一个汉奸的臭名,还不得好下场;有的为咱中国人争光露脸,闹个民族英雄,走到哪儿老百姓都是欢迎的。"【阅读能力点:黑老蔡没有点破张金龙与何世雄见面的事,而是委婉地劝告、教导张金龙。】张金龙听了,心就跳起来。他想黑老蔡一定知道那回事,只是不说出来罢了,心里嘀咕。

下午,黑老蔡到村公所去了。张金龙躺在炕上,想着黑老蔡的话。小梅走进来,悄悄跟他说:"金龙,还是趁我姐夫在,把根儿蒂儿、枝儿叶儿,什么都跟他说了吧。我大小也是个干部,我保证你没事儿。"张金龙盘算来,盘算去,半晌没言语。后来他说:"说也能

成，烟土我可不拿出来！"小梅说："你瞧着办吧。要是我，穷死饿死，也不拿汉奸的东西。一个中国人，还没这点儿骨气！"说完，一扭身就出去了。

　　黑老蔡从村公所回来以后，张金龙在屋里悄悄跟他说了半天话。黑老蔡很高兴，又是开导他，又是鼓励他。临了，张金龙解下扎腿带儿，从袜筒里掏出一小包烟土，交给黑老蔡说："我早就知道这个事儿不对劲儿！姐夫，你早来我早交给你啦。"小梅在门外边听呢，这时候笑盈盈地走进来。

　　三个人闲谈了一会儿。黑老蔡瞅个机会，又对小梅悄悄儿嘱咐说："金龙正在岔道口呢，你得好好儿影响他。这人枪头子准，也有些本事，最好争取他出来工作，别叫汉奸把他拉跑了！"小梅应着。

　　小梅在家住的几天，一方面对张金龙生活上照顾得挺周到，一方面黑间白日地劝说他，争取他出来工作。

　　小梅说："我跟你说的都是好话。人要向远处看，亮处走。八路军苦是苦些，就是正正道道地叫人学好。你看我才工作了几天，懂的事儿也多了，看个信、开个条儿，也能对付；你男子汉大丈夫，连个字也不识，还不如我呢。要是你参加了，好好儿干，文能文，武能武，一年比一年进步，可有个出息，可有个干头呢。"张金龙调皮地说："我就怕走远了，舍不得你呀！"小梅说："别开玩笑，咱们说正经的。你要真的怕走远，咱们问问老蔡，看能不能在县大队上找个事儿。"张金龙笑着说："这还不行？要是你早说这个，我早就愿意啦。"

　　第二天，金龙也没跟老人说，就和小梅一块儿，到区上找黑老蔡去了。张金龙被分到县大队工作。

由于干部调动，牛大水当中心村长，又当中队副，工作更忙啦。上级几次指出，还得抓紧学习，才能把工作做好。大水和高屯儿几个，抽空就跟小学校周老师学习，进步倒很快。【阅读能力点：这一段概括了大水充实繁忙的生活状态。】

大水的爹给儿子张罗了一门亲事，3月18日成亲。

这天，老爹捧着一叠"好衣裳"，小水拿着新帽和新鞋，笑嘻嘻地过来。老爹说："大水，快穿上！轿子来了，这就迎亲去呀！"大水一瞧，是黑市布长袍，蓝市布棉裤，扎腿带……大水说："嘿，穿上这些像个什么呀？我不穿！"老爹哄着他："好孩子，快穿上试试！"旁人七手八脚帮忙，硬给大水换上了。大水看着，棉裤子太长，棉袍又太短，露出一大截儿棉裤腿。小水又把红顶子瓜壳小帽往他头上一扣，顶在他大脑瓜儿上，戴不下去。老爹快活地说："好好好！像个新姑爷啦。"大水噘着嘴，把小帽一丢，说："这是耍猴儿呢，我不穿！"说着就解扣子，脱衣裳。老爹急了，抓住他的手说："你脱，你脱！我好容易东家借，西家凑，弄来这一套，你不穿，你穿什么呀？"大水哭丧着脸说："我是八路军的干部，穿这个！"旁人都笑着劝他。小水又把那顶小帽壳儿给他扣上了。大水看老爹头上冒着汗，喘着气，累得坐在一边了，也就依顺着把衣服扣上了。可是那把盒子枪，仍旧掖在腰里。旁人笑他："娶媳妇还带个枪？"大水说："上级说的：枪不离人，人不离枪嘛！"【阅读能力点：大水时刻牢记着上级的指示，而随身带枪也为后文中大水的成功逃脱做铺垫。】

正热闹呢，黑老蔡来了。黑老蔡把老头儿拉在一边，小声说："舅！我本来准备陪着走一趟的，刚才有个信儿，说西边有可能敌人要出动，我得调些游击队，到西边去警戒，你们办你们的事儿吧。【阅读能力点：交代黑老蔡离开村子的原因，为后文的情节发展埋下伏笔。】我以后再来看你们！"大水听见了，忙说："表哥，我去不去？"黑老蔡笑着说："你就不用去啦！那边有高屯儿呢。你好好儿当你的新姑爷吧！"

大水上了马，老爹嘱咐了他几句，两个吹鼓手吹打起来，几个人就往斜柳村去了。

大水骑在马上，一路寻思："真好笑！昨天还蒙在鼓里呢，今儿就娶媳妇啦！翠花儿！她是怎么个人呢？有小梅那么好吗？"

已经望得见斜柳村了，大水又想："哈！结婚！结婚是个什么滋味儿呢？"想着想着，不知不觉地笑起来啦。

进了斜柳村，快到十字街口了，忽然听见枪响，迎亲的人都惊慌地站住，看见老百姓纷纷乱跑。大水在马上，正想问什么事，一眼看见街那头来了许多穿黄军装的鬼子兵。人们大乱。大水拨转马头就跑。

跑到村口，谁知道左边也来了敌人，对他不知叫唤些什么。大水紧踢着马，一面掏枪，一面直往前蹿，顶在光脑瓜上的帽壳儿都飞掉了。后面兜屁股枪打来。大水在马上着急地回头打了几枪，敌人爬了一下，就往前追。大水跑上堤。敌人追到堤上。大水早跑远了，一路卷起灰尘，人影儿没在灰尘里了……

这一天，敌人是假装进攻西边，把游击队吸引过去了。市镇上

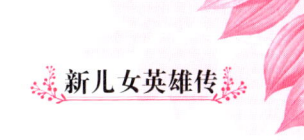

一股敌人，突然插到这边来。【阅读能力点：这一句是对敌人的进攻战略的补充说明，与前文黑老蔡的话相互照应，使故事情节完整、严谨。】在斜柳村烧杀抢掠，看见老百姓办喜事，就找新娘子。有个鬼子小队长，叫饭野的，把翠花儿糟蹋了，接着又是许多鬼子……

半夜，一个披头散发的女孩儿，爬到井跟前，抽抽噎噎地哭了一阵，就一头栽下井去。翠花儿……牺牲了！

第六回 水上英雄

名师导读

敌人占领了大淀口，经常抢劫百姓和来往的商船。大水带领区小队队员与敌人在白洋淀里展开了一场场战斗。

敌人占了斜柳村，就修岗楼。【阅读能力点：承接上文，使小说内容联系紧密。】岗楼修起了，饭野小队长和郭三麻子带着鬼子和伪军驻在那儿，经常到这边来骚扰。大水、高屯儿带着游击队，跟他们打了好几回仗，后来又叫他们结结实实吃了一次亏。鬼子退回市镇去，留下郭三麻子一伙人，更不敢轻易过来了。可是，大水他们拿这岗楼也没办法。

天冷了。小梅抱着孩子小瘦，回家去拿棉衣。小瘦刚断了奶，小梅准备送他回家，顺便来看看大水，还给他带了一双新鞋。可是大水到申耀宗家去了。

申耀宗自从到城里以后，花销很大，又常接济他的家庭，这边《双十施政纲领》颁布以后，黑老蔡给他寄了一份，捎信叫他回来。申耀宗把这一份施政纲领看了一遍又一遍，心里琢磨了好几天，觉得共产党真是讲团结，实行统一战线，专门对付鬼子汉奸。自己丢下家业，漂流在外面，未免有点儿傻。又看见旁的地主回家，都平安无事，也就下了决心，悄悄地回来了。大水学习了党的政策，听说他回来，就去看望他，跟他宣传毛主席的指示。

这一年的五级大选举，搞得挺热闹。各阶层的男女都参加了，连申耀宗这些人也投了票，大家爱选谁就选谁。老百姓都挑选好样儿的，来给他们办事。从村到区到县……一直选到边区最高行政机关，可选了个齐整。政权实行了三三制（中国共产党在抗日战争时期的统一战线政权政策，即抗日民主政权中人员的分配，共产党员占三分之一，左派进步分子占三分之一，中间分子和除国民党等顽固势力外的其他分子占三分之一），共产党员只占三分之一。咱们的黑老蔡也给选到县上去了。大水、小梅也都是选出来的区代表。小梅在区上当妇女主任，大水在区上当了队长。这时候，区上的游击队已经改名为区小队了。

大水在区上当队长，活动范围更大了。这个区，一部分是在白洋淀里。淀的那边有个镇子叫大淀口。春天，大淀口给敌人占领了。那儿的鬼子经常和这边市镇上的鬼子取得联系，汽船来来往往的。老百姓打的鱼、养的鸭子……常给他们抢去，商船也不敢行走了。

一天，大水集合队员们研究，想治治那汽船。牛小水出了个好主意：用火枪来打敌人。大家一听都认为行，就决定了。

这一天，汽船又过去了，估摸它下午回大淀口，大水他们划着20只小船——都是打水鸭、水鸡的"枪排子"，出发了。船很轻，在白洋淀里，一个跟着一个，飞快地划去。船两边的桨一上一下地划，就像天上的大雁打翅膀。不多一会儿，就窜到一片大苇塘跟前啦。

五月，水面上苇芽子一人多高了。这苇塘方圆好几里，里面横一条、竖一条，都是沟壕。一长串小船钻进去，一个也不见了。【阅读

【能力点：介绍了苇塘的地形特点，苇塘宽广，苇芽子又高又密，是个打伏击的好地方。】敌人的汽船要回去，准得从苇塘前面过。他们在苇塘边上布置开，船都隐在苇丛里。每一个船上两支火枪，枪头子高低都垫好，装上闷药，点上火香，悄悄地等着。

日头歪了。听得见西边汽船呜呜地叫。大水说："来了！快准备好！"大伙儿手里都拿着火香，从苇丛里向外张望。一只绿色的小汽船刚一到，大水喊声"打"，火捻子都点着了，几十只土枪一齐轰隆隆地打出去，跟地雷一样，直黑了天的浓烟，也看不清打得怎样了，光听见汽船突突突地响。【写作借鉴点：作者从视觉、听觉两个角度描写战斗场面，有声有色，使人如临其境。】

烟散了，看得见汽船上一个人也没有了，那汽船在水面上打转儿呢。赵五更忙说："我去探探！"他拿了小水的一把攮子，跳下水，一个猛子扎过去。汽船忽然又开走了。苇丛里的小船都钻出来，大家着急得要开枪。可是赵五更从汽船旁边露出头来了。五更那精瘦的身上流着水，悄悄地扒着船帮，往里瞧，见一个日本鬼子趴在船尾巴上瞄着枪呢。他连忙翻进船里，鬼子一回头，尖刀已经插进了这鬼子的后心窝，再一刀，就死了。

汽船里面，歪三倒四的好几具死尸。船可还是突突突地往前开，越走越是个快。急得赵五更东摸摸，西揣揣，拿那个机器没办法，慌忙站起来，朝后面招手喊："快来哟！这玩意儿弄不住，别给跑喽！"立时20只小船像赛跑似的，哗哗哗划着，都来捉汽船。汽船可跑得更快了，追也追不上。急得赵五更慌手慌脚地又去扒机器，弄不成，又站起来，挥着双手大喊："快啊！快啊！这玩意儿……跑得

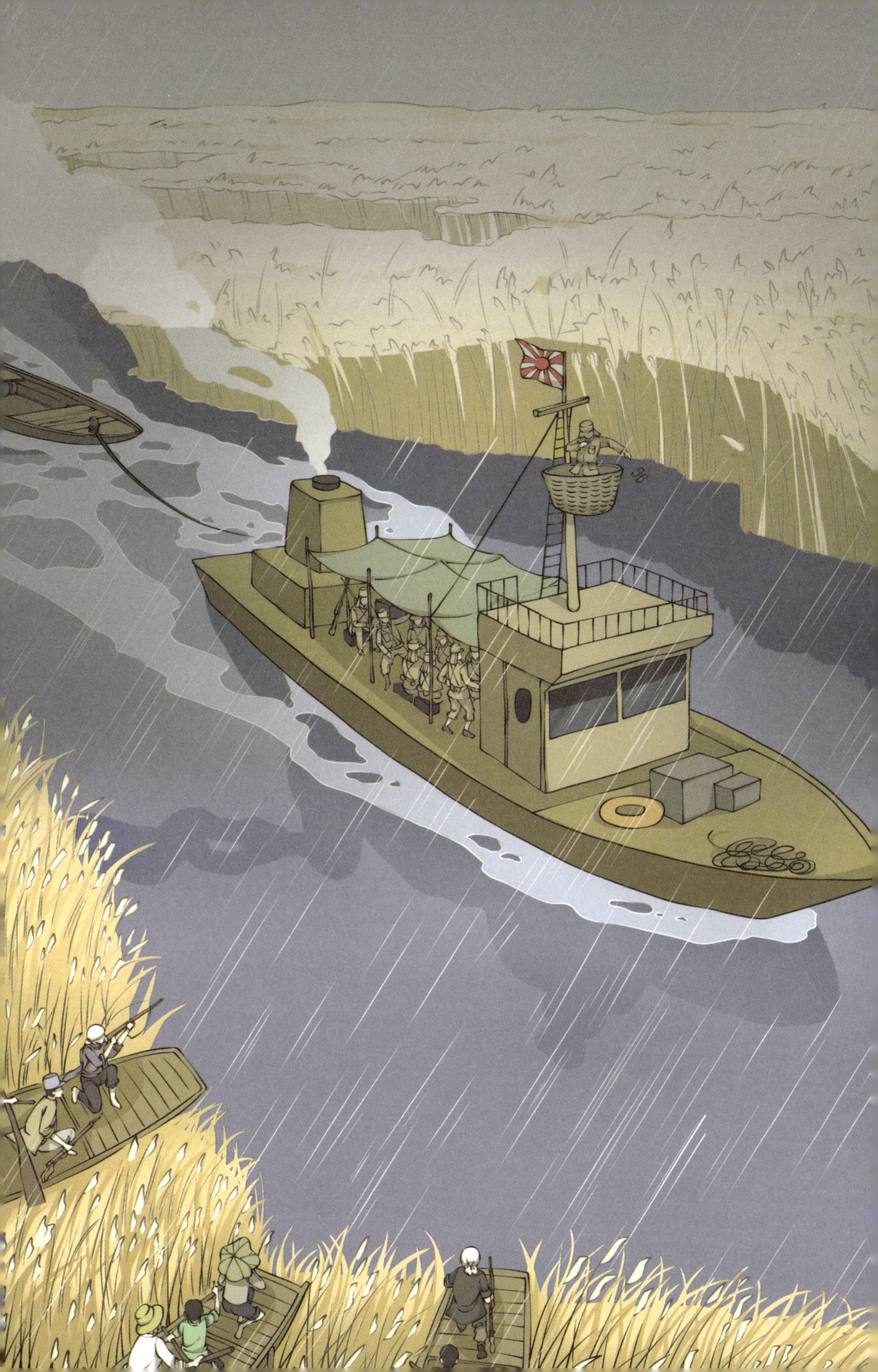

快！你们快使劲儿呀！"汽船直冲直撞，一下子闯到一片苇子地，嘟嘟嘟地还想往里钻。大伙儿追上来，才把它捉住了。【阅读能力点：具体描绘了小船追汽船的场面，将赵五更慌手慌脚、手足无措的焦急模样描写得生动形象、活泼有趣，使读者在严肃的氛围中得到一丝轻松。】

　　那小汽船，前头尖，后边齐，看起来是帆布做的。里面可有木板，用铁棍支的架子，还有牛皮底。船底里流了好些血，死人身上叫铁沙子打得一片一片的，全是窟窿眼儿。大家快活地捡了枪和子弹，把死尸都咕咚咕咚扔到河里。小水看着汽船说："哈！这玩意儿可怎么弄回去呀？"大水听说过，这号小汽船可以卸开来，就叫大家拧螺丝钉。赵五更找到一把钳子，一下子把汽船都拆开了。机器搬到小船上。船壳儿不知怎么一来，合起了，大伙儿七手八脚把它抬上小船。弄停当，才欢天喜地地划回来。

　　大水喊着："咱们走齐喽，叫老百姓瞧着好看！"他船上载着绿茵茵的船壳儿，走在当间，两边一字儿摆开19条小船，每个小船的两旁，一上一下地打着棹，飞快地划回来。一时，中间的小船走得特别快，20条小船走成个人字形了。水村里的老百姓，听说打了汽船，都聚在岸上看。有个开明绅士（具有爱国思想，政治上比较开明，要求民主、进步的地主阶级）梁广庭老先生（他是新选上的县参议员），捋着长长的白胡子，笑呵呵地指着说："哈，你们瞧！真好看！"旁边一个老渔民拍着手大喊："瞧瞧瞧，这是雁翎队啊！"老百姓都拍手叫好，喊着："雁翎队！雁翎队！"从此，雁翎队的名儿就传开了。

杨小梅在区上当妇会主任，妇会的干事就是以前西渔村妇会的秀女儿。雁翎队第二次准备打汽船，秀女儿拉着小梅说："咱们也得跟去瞧瞧！"两个人去找牛大水。大水笑着说："这是打仗，又不是赶庙会，你们去干吗呀？"就不让她们去。她俩碰了个钉子回来，秀女儿跟小梅商量："咱们偷偷儿瞒着他们，看他们上哪儿，咱俩划个小船去摘菱角，暗暗瞧个稀罕！"两人就忙着准备起来。

响午，雁翎队出发了。这一次，侦察来的消息，说敌人有二十几个，坐着两只大汽船，过去了。大水他们找了个更好的地点，两边都是苇塘。队伍分成两拨儿：牛大水一拨儿在南边准备打第一只汽船，赵五更一拨儿在北边，准备打第二只汽船，两拨儿错开。这回添了十几支"大抬杆儿"——都是打野鸭用的好枪，装了闷药，一齐布置好。

大家等了很久，汽船还不来。天变了。黑云远远地拥过来，遮满了半个天空。风呼呼地刮着，苇子都往一边弯。【阅读能力点：环境描写，交代战斗前的天气状况，渲染紧张的气氛。】大家着急地说："糟了！一下雨，火药淋湿了，就打不成啦！"有的说："汽船怕不回去了，咱们走吧！"大水说："别忙！咱们再等等看吧。"一句话没说完，就听见咔嗒咔嗒的响声，像是汽船过来了。大水忙叫："快准备！"又给斜对面一拨儿打暗号儿。队员们急忙擦洋火点香，风很大，一擦着就灭了。几个人碰成堆，费了很大的劲儿，才把香点着。响声越来越近，果然是汽船来了。

这当儿，风更大了，打着雨点儿。队员们忙脱下衣裳，把香头、火捻、枪膛都盖起来，有的用草帽罩住。眼看两只黄乎乎的大汽船过来了，船后舱搭着绿帆布的顶棚儿，好些个鬼子挤在棚底下。那第一只汽船还拖着个民船，上面载了许多货，高高的桅杆顶上吊着个筐儿，筐儿里面坐着个鬼子，正在拿望远镜向前面瞭望呢。

一霎时，第一只汽船快到大水这一拨儿的眼前，第二只汽船也快到赵五更那一拨儿的跟前了。大水看见那桅杆顶上的瞭望哨——"猴儿"——尽朝远处望，就偷偷地用枪瞄准他，那"猴儿"一低头，忽然发现苇丛里有人拿枪瞄着他，吓得抱着桅杆立起来。大水不等他喊叫，一枪打中他的小肚子，"猴儿"向后一仰，就两腿朝天地从上面摔了下来。

接连着两声霹雳似的轰响，烟和云黑成了一片。听得见第二只汽船撞到南边苇塘里，不响了。第一只汽船可还咕咚咕咚地响着，机关枪一个劲儿往这边扫射。大水他们都在苇塘的边上，没想到敌人有机枪，那机枪子儿密密地射进苇丛，有的就打在船上。大水忙指挥队伍转移阵地。人们纷纷抱着大枪往水里跳，连跑带游，向苇丛的深处钻。赵五更那一拨儿打了一排枪，小船也都钻了濠，转走了。

风把黑烟刮跑，雨点儿也过去了。雷在远处闷沉沉地响。那汽船又打了一阵机枪，就开到这边苇塘来，发现了许多小船，船上都绑着很长很长的枪。日本人没见过这号枪，觉得很了不起，叽里咕噜地说着话儿，把土枪都弄到汽船上去了。

小梅她俩远远地藏在荷叶丛里，半天听不见动静了。秀女儿说："准把鬼子消灭啦，咱们去瞧瞧吧！"小梅说："别！刚才打了一阵子机枪，还不知道怎么个呢！"秀女儿说："咱们别走近，偷着望望，看是怎么了！"两个人心里怪着急的，悄悄儿划出来，远远地望

呢。不想就给敌人发现了。

鬼子们喊着,汽船咔嗒咔嗒追过来,吓得她们两个脸色都变了,掉转船头,拼命划着那小船,往荷叶下面钻。突然一声枪响,汽船上的机枪手倒下了,紧接着一阵排子枪,鬼子都被打死在船里,有两个受伤的,着慌跳了水,也给淹死了。原来牛大水一伙从苇塘里绕过来,偷偷儿藏在南边一大片荷花丛里,每人头上顶着大荷叶,多半个身子浸在水里,说是"荷叶军",一齐埋伏着。敌人的汽船过来,刚好打了个准。【阅读能力点:这里解释说明牛大水等人打败鬼子,及时救下小梅两人的原因。】同时,苇塘里也闪出来十几条小船,是赵五更那一拨儿,朝汽船冲来。汽船瞎闯过去,在荷花丛里跑了一弓(五尺)远,搁住了……

风吼着,雨又下起来,越下越大。雷,隆隆隆地滚过。急风暴雨把苇子都快按到水里了。雨点儿打在荷叶上,像珠子一样乱转。平静的水面,起了波浪。天连水,水连天,迷迷蒙蒙一大片。游击队匆匆忙忙收了胜利品,砸毁汽船。小梅和秀女儿也淋得浑身是水,快活地帮忙。

天黑了。几十只小船和一只大船顶风冒雨回来。在波浪上忽上忽下地前进。黑暗里,人们谁也看不见谁,只听见风卷雨扑和打棹的声音,哗啦啦、哗啦啦地响成一片,夹着人们高声的呼喊。电光一闪,一个霹雳重重地打下来,压倒了一切声音,震得人发颤。四下里黑得更厉害了。【阅读能力点:"重重地""压倒""震得人发颤"等写出了雷电的巨大威力,从侧面表现了人们在风雨中行进的艰难。】大水吼着:"杨小梅!快跟紧啊!一掉队就失迷啦!"小梅在后面高声

应着:"我们跟着呢!丢不了!"她的后半句话,给风吹得听不见。更猛的雷,又劈面打过来……

第七回 一条金链子

名师导读

张金龙参加工作后，常常不听上级指示，自由行动。在夺下岗楼后，他更加肆无忌惮，无视组织纪律。为了争功夺利，张金龙杀人夺财，犯下大错，却不知悔改。

小梅淋了雨，受了点儿风寒，躺在炕上直发烧。秀女儿又下乡了。晚上，大水帮小梅煎药。刚好张金龙闯进来。大水猛不乍地吓了一跳，忙把手里的碗放在炕沿上，招呼说："哦，你来啦。"张金龙冷淡地应了一声，把夹着的铺盖卷儿放在炕上。大水说："你歇着吧。我听报去呀。"小梅说："叫你煎了半天药，太麻烦你啦。"大水说："都是同志，没有什么。"就出去了。

张金龙跷腿搁脚地躺在炕上，枕着个铺盖卷儿，抽着纸烟。小梅坐起来吃药，问他说："你带了东西回来做什么？"张金龙说："病犯了！还不回来？"小梅看他不像有病的样子。

第二天，双喜从县上回来，暗里告诉小梅，张金龙在县大队不好好工作，顺着他的劲儿，他就干，不对他的心眼儿，他就闹情绪，什么都得依着他。生活上又过不来，昨天吃饭，饽饽凉点儿，他把伙夫同志骂了一顿，大队副批评他几句，他递了个请假条儿，卷起铺盖就走了。【阅读能力点：列举出张金龙在县大队做的事情，表现了他是

一个心胸狭窄、任性自私的人。】

小梅一连劝了好几天，一阵软，一阵硬，好说歹说，总算把金龙又说转了。最后他答应："好！我就瞧着你的面子，在这儿干吧！"他就在区小队当了个班长。

张金龙瞧不起牛大水，常常自由行动。【阅读能力点：张金龙自认为高人一等，无视组织纪律擅自行动，为后文的情节发展、矛盾冲突作铺垫。】有一次，大水跟他说："上级决定，叫我们拿斜柳村的岗楼，咱们商量怎么个拿法吧。"张金龙说："不用商量，这事儿交给我就得了。"大水不放心，说："还是咱们一块儿去吧，人多力量大。"张金龙气呼呼地说："那你们去吧，反正也不短我一个人！"牛大水看他别别扭扭的，老跟他弄不成堆，心里很气恼，噘着嘴，找小队上别的干部研究去了。

张金龙躺着想了一会儿。天一擦黑，他换了一身绸子的夹袄裤，拿一顶礼帽歪歪地压在一边眉毛上，披好枪，带着他那一班人，划了个小船，从淀里出发，绕到斜柳村。

他找到原来的兄弟李六子，商量着如何能发财、立功。张金龙小声说："兄弟，老实告诉你，我在八路那边当队长呢。咱们只要把三麻子拾掇了，你我都是有功之臣，什么还不好说呀？咱俩是并肩齐膀的好兄弟，有我的就有你的，决错待不了你！"

李六子乍一听，睁大了眼睛。听听，他劲头儿就上来了，唾沫乱溅："这可对了我心眼儿啦。大哥，我这个人就爱'共点'！你说怎么个弄法吧。"

他俩叽叽喳喳地说了半天。他们两个本是一流子，一说就合辙，

商量妥当，走出饭馆，就分手了。

小小子最近也当了伪军，就在这岗楼上。下半夜，月亮快下去了，轮到李六子站岗。他和小小子在岗楼第四层上，对下面连划三根洋火。沟那边也亮了三下。他们两个悄悄下来，放下吊桥。张金龙带着一班人就突进去。伪军在二层楼上，都睡熟了。灯还点着。他们上去，轻手轻脚地把枪全敛了。李六子忙带着张金龙到三层楼上，去打郭三麻子。

小小子跑上来报告："我刚才听说，三麻子悄悄溜出去了，不定到哪儿逛荡去啦。"张金龙恨恨地说："便宜了这小子！"他打发小小子去村里弄两只民船，自己和李六子又搜刮一遍，把郭三麻子存的好东西，都入了他俩私人的腰包。【阅读能力点：张金龙搜刮东西的行为说明了他贪爱钱财的特点，表明了他参加革命的动机不纯，也使得后文的情节发展合情合理。】

这天夜里，郭三麻子正在一个相好的财主家抽大烟，听到岗楼上三声枪响，吓得他心惊肉跳，忙打发人暗里探听，知道八路军拿了楼，他就连夜逃到市镇去了。

天刚亮，张金龙用两只民船，载着十几个俘虏，一辆自行车，和七七八八的胜利品。他跟李六子、小小子几个坐着小船，兴头头地回来。走在半路，迎面遇见牛大水他们，就得意扬扬地说："我把岗楼拿下来了！你看，后面那两只船上净押的俘虏。"

大水跳到船上，高兴地说："哈，我们还想去探一探，准备今晚上拿楼呢。你们可先得手啦。老张啊，你真有两手！你们怎么弄的？"【阅读能力点：大水虽然与张金龙不合，但看到张金龙能够顺利拿下岗楼，真心实意地感到高兴，表现了大水淳朴憨厚、心胸宽广的性格特点。】张金龙吹了一通，又指着李六子、小小子说："这回他俩也出了力啦。"大水才知道他俩不是俘虏，快活地说："好好好，到这边来可光荣多啦！"

两只民船跟上来了。三只小渔船就凑过去看俘虏。大水问金龙："那边岗楼烧了没有？"金龙说："我们还顾得上烧！反正……人都拉出来了，烧不烧也没有什么关系。"大水说："还是烧了的好。恐怕敌人再去，又麻烦啦。你们辛苦了一夜，快回去歇歇吧。我们去烧。"他兴高采烈地回到渔船上，忙着烧楼去了。

张金龙这次拿了岗楼，自己觉得挺了不起，就越发自高自大了。【阅读能力点：一次的胜利导致张金龙的自负心理进一步膨胀，使他越来越无法无天，为后文的冲突继续做铺垫。】牛大水他们烧了岗楼，在那一带恢复政权，建立武装，活动了好几天才回来。张金龙怕跟着大水不自由，借口打游击，从他那一班人里挑了几个，又带到斜柳村去了。

张金龙带走的，都是他觉得对事儿的，里面一个共产党员也没有。剩下的，都留给副班长带着。牛大水很不放心，和双喜研究，决定把他们调回来。调了几次，张金龙虚报敌情，说那边离不开，总是不回来。大水只好亲自去找他们。

大水走到村长家。村长王福海一把拉住他说："牛队长，你可来啦！快上炕坐。"大水问起张金龙。福海敞开他的小袄，露出胸脯上两块紫不溜的血印儿，说："哼，你看吧。拿着30斤的米票，要60斤白面。我话还没有说完，枪头子就顶上来了！咱们的制度，都成狗屁

啦！"

　　大水告辞出来。福海送他到门口，小声说："他每一天晚上都去高财主家泡着，睡人家闺女，谁不知道！你到那儿去瞧瞧吧。哼，没见过这号八路军！他别以为屎壳郎掉在白面里，就显不出黑白！"他指了地点，大水去了。

　　到了高财主家，门房挡住不让进。大水解释半天，才让他进去。他进到里院，掀开门帘。满屋亮堂堂的，当间一桌麻将，打牌的都穿绸着缎，就不见张金龙。

　　有个打牌的老家伙从眼镜框上面斜着看大水，问："你来干什么？"大水说："我来找个人。"一个头发贼亮的男人转过脸来，说："哦，是你。进来吧。"大水一看，正是张金龙。他穿得跟个绸棍儿似的，一面打牌，一面叫大水坐。大水坐在一边，说："我有个事儿跟你谈谈。"张金龙说："行行行，等我打完这一圈。你先歇歇！"随手递过一支烟。他身边一个年轻女人，左手搭在他的肩膀上，连喊："东风东风！碰碰碰！"右手帮张金龙抢过一张牌来，笑着推他说："你看你！这是你的门风嘛，一碰就是两番呢，不好好儿瞧着点儿！"

　　大水很恼火，正想走，忽然一个老妈妈托着个盘子进来。大家停了牌，喝莲子汤。张金龙递给大水一碗。大水肺都要气炸了，站起来说："我不喝！我走了，你赶紧回区上，有事找你！"张金龙说："那也好，我回去咱们再谈。"大水气愤地出来，饭也不吃，觉也不睡，连夜赶回区上，找双喜去了。

　　过了两天，黑老蔡派人送信来，叫张金龙带着人赶快回区上去。

张金龙心里想："准是牛大水，背后拆我的台！"信上的口气很硬，他看着顶不过，只好换了粗布衣裳，带着人回去。

张金龙一路走，一路盘算怎么才能过这一关。到了区委会，黑老蔡戴了一副老式眼镜，正在桌子跟前看材料。看见他们三个进来了，他慢慢摘下眼镜，望着张金龙严肃地说："你在斜柳村犯了什么错误，你自己交代交代吧！"张金龙拣个凳子坐下，故意装糊涂说："我犯了什么错误啊？我就是端了敌人一个岗楼，抓了十几个俘虏，缴获了……"老蔡不等他说完，就霍地站起来，直勾勾地望着他说："张金龙，你别老鼠上秤钩——自称自！你在斜柳村吃喝嫖赌，破坏八路军的纪律，损害八路军的威信，调你回来，你倒敢违抗命令，你还想抵赖吗？"

张金龙知道是牛大水给他汇报了，心里又气又恨，只是望见老蔡威风凛凛的两只眼睛牢牢地盯着自己，不敢发作出来，就装腔作势（比喻故意做假的虚伪情态）地喊冤枉说："这都是牛大水造我的谣言！他忌恨我，他和我有私仇，想挖我的'墙脚儿'，你们还不知道？"【阅读能力点：张金龙被黑老蔡指出所犯的错误，仍不悔改，反而恨上牛大水，双方矛盾激化。】高屯儿早耐不住了，冲上来指着他说："你这小子，还猪八戒倒打一钉耙啊！刚才你把小梅打得鼻子里滴血葡萄，要不是我们把你拉开，还不定打成什么样儿呢。就凭你这一条，就可以处分你！"张金龙嘴巴很厉害，马上反驳说："嘿，两口子打吵吵，也是常有的事，没什么了不起。反正一个巴掌拍不响，她要不跟我干仗，也引不起我的火。"双喜冷笑着说："哼，你倒怪有理，你打人家村长王福海，也是两口子打吵吵？"张金龙没想

到这事也给上级发现了，一时答不上来，只好硬着头皮说："好吧，你们爱怎么说怎么说，我现在是倒霉了，谁都能往我脸上抹狗屎！"

老蔡、双喜、高屯儿和张金龙斗了半天，他只是气呼呼地坐在一边，不说话，自个儿肚里却在打算盘。最后，他站起来说："牛大水说我这么不好、那么不好，我倒要叫他瞧瞧，我张金龙是个什么人！（他拍着胸脯儿）谁是抗日的英雄，谁是卖嘴的狗熊，往后你们瞧吧！"【阅读能力点："肚里却在打算盘""倒要叫他瞧瞧""往后你们瞧吧"表明张金龙又打算干出一件"大事"，引出下文的故事情节。】说着，就想往外走。黑老蔡喝住他说："张金龙，你别想耍嘴巴就混过去。你的错误很严重，明天就要开大会处理你的问题。你愿意不愿意检讨，也就看这一回了。"张金龙应着说："好，咱们明天见。"就扬长而去了。

张金龙走在街上，碰见家里人抱着小瘦来找他，孩子有病，要请个大夫看看。张金龙赌气地说："我不管！这不是我的孩子，要死死到杨小梅那儿去！"就去找李六子，暗地里商量说："人家瞧不起咱们，想把咱们打击下去，咱们得露一手给他们瞧瞧！"他俩商量了半天。天黑以后，又叫上小小子，三个人带了枪，看到村口站了岗，就翻墙头溜出村，像没笼头的野马，悄悄儿跑了。

三个人先到了斜柳村，在一个小铺里，喝了酒，找了几根绳子、一把刀，顺着堤，一气奔到市镇跟前。李六子以前当土匪，常摸到镇上去干些勾当，这一带的道路很熟。他引着张金龙、小小子，绕过岗哨，凫过水濠，从城墙的豁口偷偷爬进去。

镇上人们都睡了。他们抄小胡同摸到商会会长家的后门口，门紧紧关着。两个人搭了人梯子,张金龙踩着他们的肩膀,蹿到墙上,用绳子把他俩吊上去。李六子留在东屋门口隐着。张金龙就带着小小子闯进北屋。

那会长独个儿躺在西间炕上,一见他们,吃惊地坐起来。张金龙马上说:"四爷,你别怕!我们不是来害你的。"那大胖子会长问:"你们是什么人?"张金龙说:"我是八路军的队长,拿斜柳村岗楼的就是我。我们有几个弟兄想洗手不干了,跟四爷借个盘缠,枪就送给你。"说着把枪放在桌子上,坐下来。小小子也学他的样儿,放了枪坐下。

胖会长才有点儿放心了,赔笑说:"行行行,我这儿有三千块钱,都给了你们吧。"就从口袋里掏出一卷票子来。张金龙接了,说:"四爷,我们人多,这几个钱花不了几天,你再给些吧!"

胖子脸上的肉跳着,想了一下,就掏出个钥匙,转身跪在炕上,开了壁橱的门,伸手进去摸东西。他从里面一个首饰盒里,摸摸索索地拿出一对红绿的宝石戒指,说:"队长,你拿上。走哪儿也是交个朋友,两个都给你!"张金龙接过来,把戒指戴上,趁他转身去关橱门,突然抢上去用两手掐住他的脖子。小小子立时把绳子套在他胖脖子根上就勒。【阅读能力点:张金龙勒索钱财后,还想害人性命,可见他是个心狠手辣的人。】那肥头胖脑的会长,眼珠子就翻上去,舌头就伸出来,身子越抽越小,蜷缩在一块儿了。

张金龙这才松了手,忙跑去,拿出首饰盒,打开一看,里面黄灿灿的是一条金链子。张金龙好眼亮啊!【写作借鉴点:这一处细节描写生动形象地描绘出了张金龙见钱眼开、贪财的样子。】

张金龙瞪着眼睛，弯下腰去，一刀砍在那胖脖子上。头没卸下来，一抽刀，血就飙了他一身。又两下，把头切下了。从炕上拉过一条被单，把人头放在里面，斜对角一卷，两头缠在腰里。吹了灯，关了门，三个人提着枪，从后门跑了。

到了堤上，找个地方蹲下来。张金龙掏出那卷票子，三个人分了分。小小子涎着脸儿说："大哥，你把那两个戒指给我们俩，你留着金链子，不行啊？"张金龙揸开五个手指头，啪地给他一耳光，骂着："你仰八脚儿撒尿，溅到我的脸上来啦！叫你杀个死人，你都不敢杀，你算老几？还要这要那哩！"小小子一看他翻了脸，吓得一声不敢言语。

李六子得了戒指。张金龙说："咱们回去，可别'骑马吃豆包——露馅儿'！"

三个人奔回区上，天也亮了。双喜他们刚起来，忽然看见张金龙满身是血地跑进来，问："老蔡呢？"双喜说："他没宿在这儿。昨天夜里，你们三个到哪儿去了？"张金龙也不答话，就从腰里解下包袱，一抖开，一颗血淋淋的人头便骨碌碌滚到炕边，把大家吓了一跳。

张金龙神气活现地指着说："瞧吧，这是汉奸刘开堂的脑袋！我张金龙不费吹灰的力气，一时三刻就把他弄来了。谁不知道，那儿四面是水，城墙那么高，到处都有鬼子把守，岗楼上手电打得一闪一闪的，我张金龙怎么就敢进去呀？牛大水倒会说漂亮话，叫他也去弄个人头来试试！嘿！"

双喜睁大眼睛问："哪个刘开堂？"张金龙说："哼，镇上的商会会长,大汉奸,你还不知道?"双喜很冷淡,也不搭理他,却转过脸去和大水、高屯儿低声说话。三个人叽咕了几句,双喜就说:"张金龙,老蔡一会儿就来了,你回去老老实实待着,哪儿也不准去?"张金龙一下子愣住了。他原来以为这一回大显身手,立了大功,人人都得承认他是英雄好汉,把他捧上天。斜柳村的那些"小错误",当然也就会马虎过去了,真是名利双收,得了便宜卖了乖,再也没有这么美的事了。谁知道他们三个的神气全出乎他的意料之外,双喜的话更像冷水从他脑袋上浇下来。他包起他的宝贝人头,眼皮子撩也不撩,直着脖子走出去了。

小梅正在家里哄孩子。孩子小瘦病得很厉害,哭一阵,闹一阵。

鸡蛋蒸熟了。小梅抱着孩子,正喂他吃呢。忽然张金龙气汹汹地进来说:"杨小梅,你要是我的老婆,马上卷起铺盖跟我走!不是我的老婆,咱俩就一刀两断!"小梅愣住了,眼睛瞪得像两只小铜铃,说:"你这是干什么呀?"张金龙冷笑说:"人家把我弄得人不人,鬼不鬼的,我不干了!此处不养爷,自有养爷处。你要跟着我,你马上脱离工作;你要工作,咱俩就拉倒!"

小梅气得手脚冰凉,睁圆着眼说:"张金龙,你别威吓我!拉倒就拉倒!我还能撂下革命跟你走啊?咱们车走车道,马走马路,谁也不跟谁相干!"张金龙发狠地说:"好,你有种!你不认我,你也别要这孩子!"说着就来夺小瘦。

小瘦哇地哭起来了。小梅紧紧抱住不放,着急地说:"孩子病得这样,你别吓着他呀!"张金龙丢下手里的包袱,两只手卡住小瘦的胳肢窝,用劲一拉,小梅就扑倒在地上。张金龙狠狠地踢了她一脚,

抱着小瘦拿上包袱就走。随手"嘭"的一声把门关上。小梅爬起来就追。可是这家伙耍流氓，把门扣上了，急得小梅乱砸乱喊。小瘦使大劲儿喊着叫妈妈，声音越去越远了。

张金龙回到班上，把哭得有气没力的小瘦往床上一丢，就抖出人头，大吹大闹，指手画脚（指说话时做出各种动作。形容说话时放肆或得意忘形）地骂，煽动他那些把兄弟大家都交枪不干。【阅读能力点："丢"字用得贴切形象，准确地表现了张金龙对孩子的漠视、狠心。】忽然黑老蔡带着刘双喜、高屯儿、牛大水一伙人拥了进来。原来是牛小水去报告了，他们一听到信儿，马上赶来了。

黑老蔡虎起脸，手一挥，喝道："把这两个坏蛋捆起来！"牛小水、赵五更他们都冲上去夺李六子和张金龙的枪。张金龙狗急跳墙，飞起一脚把牛小水踢倒，翻身扑到床上拿他的枪，还想杀出一条血路逃走，可是听到一声吼："动一动就打死你！举起手来！"他一回头，看见牛大水两眼冒火星，正用枪对着他。一眨眼工夫，高屯儿又把他的枪抢去了。他这么一迟疑，几个队员就拥上去把他绑了起来。李六子没敢还手，早已捆好了。

张金龙一跳三尺高地说："黑老蔡，你办事昧良心！我杀一个大汉奸就杀错了？你们八路军讲理不讲理？"黑老蔡冷冷地说："我们八路军最讲理。一个商会会长未必就是个大汉奸。对这类人主要是争取、教育；要镇压，只能镇压罪大恶极、争取不过来的。不分轻重地乱杀人是不允许的！你以前犯的错误还没处理，现在你又捅出个娄子，还想煽动人心，瓦解部队，要不给你一个严厉的处分，我们八路军还要纪律做什么？"

张金龙一听这口气不妙，心里有些怯，嘴上还是愤愤不平地抗议："不论怎么说，我反正是好心好意，我杀的反正是汉奸，为了这事处分我，我就是死了也不服气！"

黑老蔡嘿嘿一声冷笑，说："张金龙，你倒挺能说。你干这一手究竟是为了什么？是为了抗日吗？还是为了自己？你说，你这次到镇上去，弄了些什么东西？"

这一问，张金龙脸色就变了，红一阵，白一阵的，说："这是怎么一回事？我连人家一个纽扣都没动，你这话从哪儿说起！"双喜笑着讽刺说："你当然不动人家的纽扣喽，纽扣不值钱嘛。"他向小小子使了个眼色，小小子就慌慌张张地把那一卷票子掏了出来。原来双喜早就秘密地把小小子叫去谈话，发现他半个脸肿了，眼睛也是红红的，就慢慢盘问他。开头，小小子还不敢说，双喜保证他没事，又用好话一劝，他才把这一肚子话倒了出来。牛小水他们往他俩身上一搜，马上把那两卷票子、两个宝石戒指、一条明光烁亮的金链子搜了出来。黑老蔡一挥手："押出去！"大伙就簇拥着张金龙、李六子往外走。

刚走到院里，小梅气喘吁吁地赶来了。小梅从一位队员手里接过小瘦，这孩子也不哭，也不闹，眼眶坍下去了，眼珠子直往上翻。小梅慌作一团，连忙抱着他去找人扎针，可是，走在半道上，孩子就断气了。

县上很快地给小梅办了离婚手续。张金龙、李六子都关了禁闭，经过教育和劳动改造，才取保释放了。

第八回 "大扫荡"

名师导读

日军为了扑灭八路军的势力，摧毁冀中抗日根据地，开始了残酷的"大扫荡"行动。大牛、小梅等许多游击队队员都被抓住了，他们将会有怎样的遭遇？能否顺利逃脱敌人的魔爪？

1942年，抗战抗到第五个年头，共产党和共产党领导的八路军、新四军一天天发展壮大，新建立的抗日根据地和农民游击队从无到有、从小到大，也越战越强了。这使日本鬼子逐渐懂得了：国民党倒不可怕，共产党才是他们的心腹大患（泛指最大的隐患），就把对付国民党的主力部队调来对付共产党，向各个抗日根据地大举进犯。

【阅读能力点：概括目前的革命局势，点明日军进行"大扫荡"的原因，引出下文。】

在冀中（晋察冀边区的重要组成部分，地处河北省中部），残酷的"五一大扫荡"开始了。

这一次，日本兵来得特别多、特别猛，一心想扑灭八路军，摧毁冀中抗日根据地。我们的八路军主力部队转移到外线打击敌人去了。地方党和地方部队留在当地坚持。

县委书记兼县大队大队长黑老蔡召集全县干部开紧急会议，号召大家不动摇，不悲观，不投降变节，誓死和当地人民站在一起。共产

党员更要当模范，大家渡过难关，争取最后胜利。会场又悲壮，又严肃，全体干部都站起来，举起胳膊宣誓。

会后，分组坚持隐蔽、保存力量。大水、双喜、小梅他们几个人，划成一组。回到区上，就召集群众大会，动员老百姓坚壁东西，掩护干部……干部群众都忙着准备起来。

敌人很快就来了。这一带地皮薄，挖不成地道，大水他们在各村挖了些地洞。可是对钻洞没信心，就化了装，跟老百姓一起撤。敌人可越来越多了，这儿也有，那儿也有，说不清哪儿来，说不清有多少。淀边河边，堤都给敌人的车子队封锁了。人们四下里跑，往麦地里钻。敌人围住村，咕咚咕咚直打炮……

下午，敌人就"拉大网"了。外面一层马队，里面一层步兵队，方圆几十里的合击圈儿越圈越小。大家成群地往东跑，哗地退回来；又往西跑，又哗地退回来，哪儿都有鬼子啦。看得见这村也是火，那村也是烟，村村都响枪。可怎么着也跑不出了啊！【阅读能力点：详细描写敌人扫荡时的场面，突出此时情形危急，让人不禁为大水等人担忧。】好些妇女、孩子哭了。

大水他们沉住气，偷偷把手枪埋在地里，压上个大土块，做了记号。眼看敌人更近了，那马队，一匹匹大红马，头扬着，尾巴撅着，撒开蹄子，一个圈一个圈地跑，越围越紧。里面的人越凑越多，挤成疙瘩了。大钢盔、大皮靴的鬼子步兵和绿军装的汉奸队，都端着亮闪闪的刺刀，一齐围上来，把男女老少全哄到大路上，男的分在一边，女的分在一边，四面架起了机关枪。

翻译官和便衣汉奸走来走去地问："谁是八路军？谁是共产党？

站出来！"问了半天，没人应。又问："谁是干部？谁是游击队？"还是没人应。一个穿白小褂儿的汉奸嚷着："嘿！你们这抗日窝子，还能没有啊？"鬼子起火了，就带着汉奸，从一头起，一个个地查，看看手，摸摸腿，扒下人们的手巾帽子，相脑袋，挑出去好些个。小梅看见，有认得的，有不认得的。后来高屯儿、老排长、牛大水都给挑出去了。小梅心里扑通扑通地直跳。鬼子汉奸又把许多年轻的妇女挑出来。轮到小梅了。一个汉奸说："这是个漂亮娘们，别看她脸上黑，是抹了锅底灰啦。"鬼子就一把把小梅拉出去了。

太阳压树梢了。鬼子从挑出来的男人里，又拉出五个来，有老排长和高屯儿，都五花大绑地绑起，推到前面。汉奸们把铁锨扔在地上，强迫老百姓挖坑。老乡们不动手，汉奸就用劈柴棍子打，硬逼着挖了。

鬼子把绑着的一个小伙子拉过来，那是西渔村的王树根，他脸色死白，挣扎着大哭大喊。男女老少跟着都哭开了，大伙儿嚷着说："都是老百姓啊。你们饶了吧！"可是鬼子把他推到坑里了。

接着又拉老排长。<u>老排长紧闭着嘴，死死地盯着鬼子，慢慢地走过去，快到坑边了，他突然使全身力气，飞起一脚，踢中一个鬼子的下身，鬼子昏倒在地上了。</u>【阅读能力点：作者紧紧抓住老排长的神态、动作描写，用词贴切，"死死地""盯""飞起一脚"表现了老排长对敌人的憎恨和勇敢无畏的精神。】另一个鬼子从后面一刺刀把老排长挑进坑里。

鬼子汉奸骂着，又一连推下两个人。剩下高屯儿了，他睁着圆彪彪的眼睛，跳脚大骂："鬼子汉奸，你们这些王八蛋！中国人是杀不完的！早晚叫你们不得好死……"鬼子踢着打着，把他推进坑里，他还是骂个不停。汉奸就叫铲土。老百姓眼泪直流，一个劲儿地说好话。汉奸们夺过铁锨来，一铲一铲的土就把五个人埋住了。人们一片哭声，汉奸们可还在上面踩着土。【写作借鉴点：通过老百姓和汉奸的鲜明对比，突出了汉奸身为中国人却残害同胞的丑恶嘴脸，引起读者极大的愤慨之情。】

日头没了，军号响了，敌人把挑出来的男女带走了。

这儿的老百姓一下都拥到坑边，大家拼命地用手刨。可是，拉出一个，死了；又拉出一个，也死了……五个人，浑身上下全青紫了。

哭吧！哭吧！人们围着，哭天嚎地的，老人们儿呀肉呀地叫，都用手指头挖他们鼻子、嘴里的土。【阅读能力点：两个"哭吧！"连续使用，强调了人们的悲伤、痛苦的心情。对人们动作、神态、语言的描写，使文章充满了悲痛的情绪，引发读者的共鸣。】双喜流着眼泪，把高屯儿的两只胳膊上上下下地晃悠。救了半天，可只有埋在上面的高屯儿三个，慢慢缓过气来，老排长和王树根已经没救了。

带走的那些人，都赶进道沟里。男人走在前面，妇女跟在后头。一根绳子缚六个，一串串，一串串的，鬼子汉奸掺在当间。男人们反绑着手，日本兵把背包、子弹，净套在他们的脖子上，坠得人东斜西歪的。

牛大水脖子上也套了一个大背包，挂了几个小炮弹，勒得他透不过气来。只好用嘴慢慢把背包带子叼起来，用牙咬着。想起老排长、高屯儿他们，他就泪糊着眼，看不见道了。

小梅想："落到鬼子手里，真不得了！这可怎么好啊？"暗里把

反绑着的手扭动，幸亏女人家绑得不紧，她一边走，一边动，慢慢儿绳子松了。可她照旧反背着手，好像绑住似的。一会儿，天擦黑了。又走了一阵，都进了村。正在拐弯的时候，小梅瞅汉奸没在跟前，脱出手，刺溜钻进个茅厕里，蹲下来就解手，心咚咚地跳。

一直等到大队走远，天黑透了，还听得见鬼子们大笑大叫，乱嚷乱喊，街上大皮鞋的声音咔嚓地走过。小梅想，这村也有敌人住下啦。可是老待在茅厕里也不是个事儿，只好瞅个机会，硬硬头皮，从茅厕里钻出来，沿墙根溜出村，窜到野地里去了。

在一个园子地边的小屋门口，想不到杨小梅碰见秀女儿了。再一瞧，田英和陈大姐也在里面。这可见了亲人啦！你抱抱我，我抱抱你，快活得眼泪都流下来了。【阅读能力点：能够死里逃生，与亲人、朋友再次见面，大家不禁喜极而泣。】

小梅心疼地说："瞧！你们模样都变啦！"她们说："你还不是一样！"陈大姐病得很厉害，前天敌人追她，她跳墙逃跑，又把腿摔坏了。田英净腰痛，痛得都直不起腰来。田英看小梅外面穿的一件蓝褂儿湿了，忙叫她脱下来晾晾。大姐脱下里面的一条裤子给小梅换上。

秀女儿说："哎！可惜我的包袱，要在跟前多好啊！"她拉着小梅说："那天碰上敌人，包袱在洼里丢了，跑了两天两夜，不知道怎么糊里糊涂地又转回去了，包袱还撂在那儿呢，可欢喜吧，抱上包袱又跑，跑跑可又跑丢啦！"大家都笑了。

大姐说："你们小声些。天明了，这儿待不住，咱们还得跑！"四个人出了小屋。大姐的腿拐着，小梅和秀女儿扶着她。田英两只手又在腰上,弯着腰走,一边说:"真是!我这个腰!使劲儿也直不起来!那天那么多人挤,挤也挤不直。哎!真是!真是!"秀女儿调皮地学她口音说:"真四!真四!嗳!挤也挤不直!"逗得她们直笑,又不敢笑出声来。

一连几天,她们在野地里转,不敢进村去。嘿,什么是那吃的呀!什么是那喝的呀!碰着老乡,要上一个半个窝窝头,四个人你推我让地分着吃。碰不上,什么茴香、小葱、野蒜,胡乱八七地填肚子。直饿得她们两眼发黑,肠子都拧成绳子啦。【写作借鉴点:"肠子都拧成绳子"使用了夸张的手法,形象地写出了四人饥饿时的感觉。】大家衣裳又单薄,铺着地,盖着天,睡了几天"洼",肚里又没食儿,陈大姐的病越发重了。

到一个村子附近,小梅和秀女儿先去探了探,回来说,敌人傍黑儿走了,已经跟一家老乡说好,可以去歇歇。就架着大姐,走到村边,进了一个秫秸编的柴门。一个四十多岁的大婶子,探出半个身子到门外,四面望了望,回头对她们小声说:"你们悄悄地,快到屋里去!"

大婶子随手把门带上,叫她的女孩子在门边听着点儿。她急忙引她们到里间屋,安顿病人睡在炕上,用被子盖好,吹灭了灯,低声说:"咱们都是一家人!我也是抗属,你们在这儿待着不碍事,鬼子来,就钻野地。"小梅说:"大婶子,我们这个同志病得厉害啦!你给她烧口水喝吧。"大婶子说:"行行行!"就出去了。

她们四个觉得浑身都痛,躺在炕上,说不出多舒服,一下子都睡着了。蒙蒙眬眬地有人推她们,睁开眼一瞧,屋里点着灯,小窗户上

蒙着一件破棉袄。大婶子站在炕边,小声说:"同志,你们快吃吧。这点儿东西,我藏了好些天,就怕鬼子翻出来。给你们吃了,我心里就痛快啦!"

她们看见,炕沿上放着热腾腾的四碗汤,她们端起碗来,想不到碗里是擀得细溜溜的白面条。一股香喷喷的油炸葱花的味儿,直钻鼻子。【阅读能力点:对于贫穷的老百姓来说,白面是非常珍贵的粮食。此时,大婶却将白面拿出来招待素不相识的小梅等人,只因为都是抗日家属,是一家人。】哎呀!这些天,她们净吃的什么呀?她们笑了!笑了!笑着笑着,眼泪扑簌簌地掉在碗里了。秀女儿哭着说:"干娘啊!你打发我们两个饽饽就行啦!你给做的白面……白面条儿……"四个人哭得更痛了。大婶子忙安慰她们,眼泪也掉下来了。

吃罢饭,她们跟大婶子合计,偷偷在麦子地里,跟打老鼠仓似的,挖了一个洞,口儿小,里面大,挖出来的土都运到远处。除了陈大姐病着,她三个连大婶子和她的小闺女一齐动手,直鼓捣一夜才挖成。大婶子又从家里抱来了干柴火,铺在洞里。她们四个白天黑夜都在洞里钻着。大婶子母女俩假装挑苣菜,一天给她们送两次饭,还报告情况:这几天,鬼子汉奸净包围村,抓青年、抢东西、搜查八路、找村干部……有一天就来了五次。村里伪政权建立起来了。附近较大的村子,都在修岗楼,有的已经修起了。

小梅她们在洞里待着,一连好几天不敢出来。洞里又湿、又黑,四个人谁都长了一身脓疙瘩疖,又痒、又痛,怪难受!柴火堆里多少跳蚤啊,咬得不行。她们腿也伸不直,头都窝着,小梅笑着说:"你们见过卖烧鸡的吗?咱们都成了窝脖子鸡啦!"【阅读能力点:条件

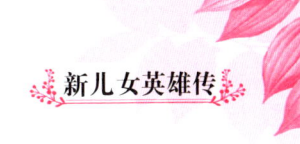

如此艰苦，小梅还能对大家开玩笑、自嘲，可见她苦中作乐、乐观的心态。】

秀女儿忍不住说："老这么钻着，可把我憋死啦！我真想出去跑跑哟！"田英说："你老实点儿吧，别找事儿啦！"陈大姐发愁说："咱们的人可不知都在哪儿，怎么能跟他们取上联系才好呢。"小梅有这个想法，提议说："这个洞小，两个人待在里面就宽敞了。我和秀女儿出去找关系，留田英照顾大姐，我们找着人，再来接你们，好不好？"大家都同意了。

这天晚上，小梅、秀女儿从洞里爬出来，大婶子送给她们一个破篮，里面是饽饽和煮山药，小梅、秀女儿就奔黄花村的方向去了。

憋了好些天，一走到野地里，这舒服劲儿可真不能提啦。秀女儿不住地使大劲儿吸气，说是有小喇叭花的香味儿。小梅说，不是花香，是麦子香呢，又说："青纱帐起来了，咱们又好活动啦！"

她俩走了一阵，来到一个村子，躲在黑暗里听一听，没什么动静。两个就商量，想进去探一探，打听机关在哪儿。她俩进了村，绕了两个小胡同，可一个人也碰不见。老百姓都插上门了。摸不清情况，也不敢叫门。正迟疑呢，忽然听见戏匣子（方言，即留声机）唱开了洋戏，还有人嘀里嘟噜地说话。小梅拉着秀女儿低声说："坏了！咱们跑到人家眼皮子底下啦！"秀女儿还不信，隐在胡同口里，探出头儿向街上一望，街东头果然矗起一个大岗楼，亮亮地射着灯光。秀女儿忙转身说："真晦气！快跑吧！"

刚跑，一个小门咿呀地开了，走出一个男人来，看她俩挺惊慌，就叫她们站住，问："你们是干什么的？"秀女儿忙说："要

饭的。"那人怀疑地说："怎么你们黑间半夜还要饭呢？准不是好人！"小梅一下子瞧见他手里提着个手枪，心就抽紧了。【阅读能力点："抽"字用得生动形象，贴切地写出了小梅紧张、担忧的心理状态。】那人说："你们跟我来！"就把她俩带进屋里去。

那人穿一身便衣，年纪也就是二十多岁，两只眼睛瞅瞅小梅，瞅瞅秀女儿，来回地打量，瞅得她俩耷拉着脑袋，心里直发毛。那人忽然站起来说："你们俩准是干部。你们说说，在哪区工作的？"

秀女儿坚决地说："我们连干部的边儿也挨不着，我们就是老百姓！"那人盯着她们，突然问："你们认得程平、黑老蔡不？"她俩心更慌了，一齐摇头说："我们不认得！"那人又说："你们不说实话，送你们到岗楼上去！"她俩唰地变了脸，年轻人可笑起来了。

他说："你们别害怕，咱们都是自己人，县大队在这儿住着呢，我叫个人来跟你们对对面。"说着，他走到对面屋里去了，听得见有人开大门走出去。小梅和秀女儿悄悄商量说："县大队还能扎在岗楼底下呀？准是故意诈我们的！咱们把口供编好，死也别承认！"她俩就坐在炕沿上叽咕开了。

刚把口供串好，那男人来了，后面跟着一个人，黑不溜，笑眯眯，连鬓胡子，可正是黑老蔡。小梅和秀女儿乐坏了，忙跳下炕，说："哈！闹了半天原来是你哟！"秀女儿拉着黑老蔡的大手说："可把我们俩吓坏了！"老蔡脖子上的伤还没好，他歪着头儿笑着说："怎么你俩到这儿来装要饭的？咱们的村干部还以为你们是汉奸呢！"秀女儿指着那村干部笑了起来，说："我们以为他才是汉奸呢！"

小梅问老蔡:"怎么你们这么大胆儿,偏偏凑在岗楼底下住呢?"老蔡笑着说:"我们慢慢摸出门儿了,越是这样的地方,敌人越不注意。只要咱们掌握住下面的干部和群众,什么问题也没有。"他得意地笑着:"嗨!别说冀中没有山,人山比石山还保险!"【阅读能力点:"人山"指的是广大的人民群众。冀中虽然没有深山能让人躲入其中,但还有广大的人民群众可以依靠。人民的拥护与支持是中国共产党最牢固的根基和力量源泉。】

说了一阵闲话,老蔡就引她们到另一个老乡家里,洗脸、吃饭。

老蔡给她们说了许多同志的消息,又说到牛大水给敌人抓去以后,还没有信儿。他一面打发人接陈大姐,一面安顿她俩休息。

休息了两天,老蔡就对她俩说:"以后再别乱跑了。现在有许多工作要做,已经给区上布置下去,你们赶快到西渔村找双喜他们去吧!"就叫一个村干部送她俩走了。

第九回 生死关头

名师导读

牛大水被敌人抓住了，依靠智慧带人逃了出来。他与赵五更、艾和尚在西渔村寻找双喜时，不慎与敌人相遇，再次被抓。这一次，大水还能转危为安吗？

牛大水一伙，给敌人圈去了。【阅读能力点：将读者的视线转回到牛大水这边，引出下文牛大水的经历。】早上，鬼子汉奸吃了饭，叫他们站成两行，又往外拨人。牛大水也给挑出来了。剩下的就在这村修岗楼；挑出来的一批，押着往城里送。天黑，走到一个村子。这村也住满了敌人。大水他们给赶进一个很脏的院子里。鬼子把干净一些的北屋占了，伪军占了东屋，把大水他们推进西边一溜小土坯屋，关起来。

大水这一伙，一连两天水米没沾牙，饿得前腔贴后腔，渴得喉咙里冒火，又是累，又是热。

大水想起黑老蔡的话：在艰苦的环境里，咱们共产党员，要时时刻刻领导群众作斗争……他看见墙上的沙土，忽然心里一动，想起了一个主意。【写作借鉴点：设置悬念，吸引读者的注意力，继续阅读下去，并为后文的情节发展作铺垫。】大水跪起来，直发晕，勉强凑在窗台前等着。伪军过来，往窗洞里瞧瞧。大水叫住他，跟他说了许

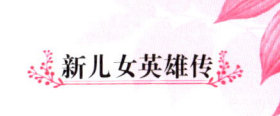

多好话，又用道理打动他，伪军答应给他们提些水来。

　　大家听到有水喝，都挣扎着坐起来了。大水蹲在地上，叫他们都凑过来，小声说："乡亲们，咱们都是难友，得商量着点儿。我说，明儿个押到城里，不是枪崩就是刀砍，反正是个死，倒不如咬咬牙，想法子逃出去，这提来的水就是咱们的救命水！"他悄悄地跟他们说了个办法。几个人叽叽喳喳商量了一会儿，都同意了。

　　那伪军开了门，提进一小桶水来。大伙儿千恩万谢地说好话。伪军高兴地说："没什么，都是中国人！"【阅读能力点：伪军嘴里说着"都是中国人"，却为日本人效力残害同胞，这里使用了讽刺的手法，揭露、批评了伪军、汉奸等人没有骨气、为虎作伥的丑恶嘴脸。】出去锁上门，走到大门口去了。大水叫每人喝一小口，润润嗓子，他自己想着是个共产党员，应该"起模范"，就一点儿也没有喝。

　　大水是拴在绳子的一头，一个小伙子是拴在另一头。大水和他背对背，摸索着给他解绳子。一会儿，六个人都偷偷解开了。一个人站在窗口瞭着，那五个有的抹下头上的手巾，有的撕下一截袖子，沾着水，轻轻扑到墙上去。土墙闷湿了，就用手挖。一会儿就挖通了。

　　大水先钻出个头去，望了望，就爬到外面。接着一个个都跟着大水爬出去，溜到村外，就分散逃跑了。

　　大水在一片树林里，碰见赵五更、艾和尚。同志们见了面，心里可豁亮多了。谈了几句话，艾和尚就拉着大水的胳膊说："大水啊，我说给你一件事儿，你可别难过！"大水忙问什么事。艾和尚说："敌人把你爹抓去，逼着要人，老人家受了点儿罪，村里保他出来，

没两天就去世了！"大水听了，呆呆地坐在地上，艾和尚一劝，他就哭开了。

牛大水越哭越伤心。他打听同志们和兄弟小水的消息。五更说碰见马胆小了，听说小水跟着双喜呢，又说高屯儿救活了，杨小梅也逃了出来，埋在地里的枪，双喜都起走了……【阅读能力点："埋在地里的枪，双喜都起走了"与前文中大水被抓前将枪埋在地里的行为相呼应，使小说情节完整、结构紧密。】大水听了，心里才松动点儿。

大水又问黑老蔡、双喜在哪儿。艾和尚小声告诉了黑老蔡的地点，说自己才从那儿来，路上遇见的赵五更。黑老蔡说：双喜在西渔村，叫大家跟双喜和跟组织联系好，千万不要失掉关系，又叫大家一定要把枪带在身上，在任何情况下，决不能放弃了武装，必要的时候就得跟敌人拼，还叫同志们多做些群众工作……敌人的疯狂劲儿一过去，他们就集中力量，打击小股的敌人……

赵五更也正要找双喜，三个人就急急忙忙奔了西渔村。谁想艾和尚糊里糊涂，又把地点记岔了。五更也光知道双喜在这村，可说不清在哪一家。他们找了半天没找着，心里挺着急。看看罗锅星在西天只剩一树高，天快明了。他们不敢在村里待，只好到村外庄稼地里，找了一片场，就在滑秸垛旁边睡一会儿，三个人轮流放哨。

天刚麻麻亮，敌人来围村了。鬼子怕老百姓发觉，都从高粱地里走，头前是便衣汉奸引路。放哨的艾和尚可睡着了！【阅读能力点：牛大水刚逃出敌人的魔掌，又巧遇敌人，危在旦夕。故事情节跌宕起伏，紧紧扣住读者的心弦。】

大水迷迷糊糊听见高粱叶子唰唰地响，心一惊，坐起来回头一

瞧，不好，四五个便衣往这边走呢。忙叫醒赵五更，说："快醒醒！不知道什么人来了！"又去推艾和尚。赵五更忙拿着枪站了起来，说一声："快跑！敌人来了！"就往前蹿。敌人发现目标，赶忙去追他。大水、艾和尚都没有枪，见滑秸垛旁边靠着个秫秸箔，就钻了进去。

赵五更看见敌人追他，急忙回头打了两枪，打死了头前的一个敌人，就跑得不见影儿了。大水、艾和尚从秫秸箔的另一头钻出去，窜进高粱地。没想到顶头碰上了鬼子，一下按着大水的脑瓜儿，把他卡住了。大水要有枪，也就可以把鬼子打死，自己逃走，他可空着手，猛一挺，褂子哗地扯破了。鬼子拧住他一只耳朵，大水挣扎着扭过去，转身一个耳光，把鬼子打了个侧不棱。他一个指头打在钢盔上，痛得发麻。那边艾和尚也跟一个鬼子打起来了。

大水正想跑，另一边又跑来两个鬼子，大水一个打不过三个，给他们按住了，鬼子解下大水的束腰带，把他绑起来。艾和尚那边只一个鬼子，艾和尚劲儿大，把他摔在一边就跑，那鬼子爬起来就追……

天明了。敌人把牛大水拉到场上，他们把大水绑在堤边一棵柳树上，手反绑着，上中下三道绳子捆了个紧。鬼子们有的打他耳光，有的用大皮鞋踢他。正打得凶，那边又有一群鬼子，拥着一个人过来，那人头上的血流了一脸。大水吃了一惊，看出他正是艾和尚。艾和尚因为空手，也给活捉了。

鬼子把他推到牛大水跟前，一个汉奸手里拿着艾和尚的黑皮带，指着大水，问艾和尚："你认得他不？"大水忙说："我不认得他，他怎么认得我？"汉奸照大水脸上就是一皮带："谁他妈的问你

呀？"又问艾和尚："说！认得不认得？"艾和尚说："我，我也不认得他。"鬼子把他一推，艾和尚就一屁股坐在堤坡上了。

鬼子一枪就把艾和尚打死了。大水闭着眼睛等他打，可是听不见枪声，睁眼一看，艾和尚已经栽到堤根下了。

大水看到活蹦乱跳的艾和尚一眨眼的工夫，就死在敌人枪弹之下，心里一阵疼，想着："反正活不了啦！"就大声问："你们有种，怎么你们不打呀？"汉奸说："你到底是不是八路军？"大水说："我就是八路军，活着，就跟你们干；死了，也是光荣的。不像你们这些狗杂种！"鬼子狞笑说："八路，好的好的！"回头跟汉奸说了什么话。汉奸对大水说："哼，你倒想死，且不叫你死哩！"

村里的老百姓，都给赶到村口来开会了。敌人把大水从树上解下来，说："走！挑八路去！"就把他押到会场，从一头走过去，叫他"拔相"（就是挑选人）。男女老少都吓得战战兢兢（形容非常害怕而微微发抖的样子）的，偷着眼瞧大水。大水一眼看见双喜也站在里面，心就跳起来了。双喜的眼睛直直地望着他，好像在说："你可是个共产党员，看你坚决不坚决！"

饭野小队长手里攥着一把刺刀，问大水："里面有八路的没有？"大水说："没有！"那饭野鼓着眼睛，恨得嗯嗯嗯的，举起刺刀，照大水的心窝就刺。大水扭过脸去，咬着牙说："反正没有！你刺吧！"饭野哼了一声，又推大水往前走。群众脸都吓黄了，噙着泪花儿。大水看见马胆小、谷子春，还有兄弟小水和好些队员干部都在里面，一个个直勾勾地瞅着他。

敌人押着大水在场里走了一遍，大水一个也没有说出来。饭野

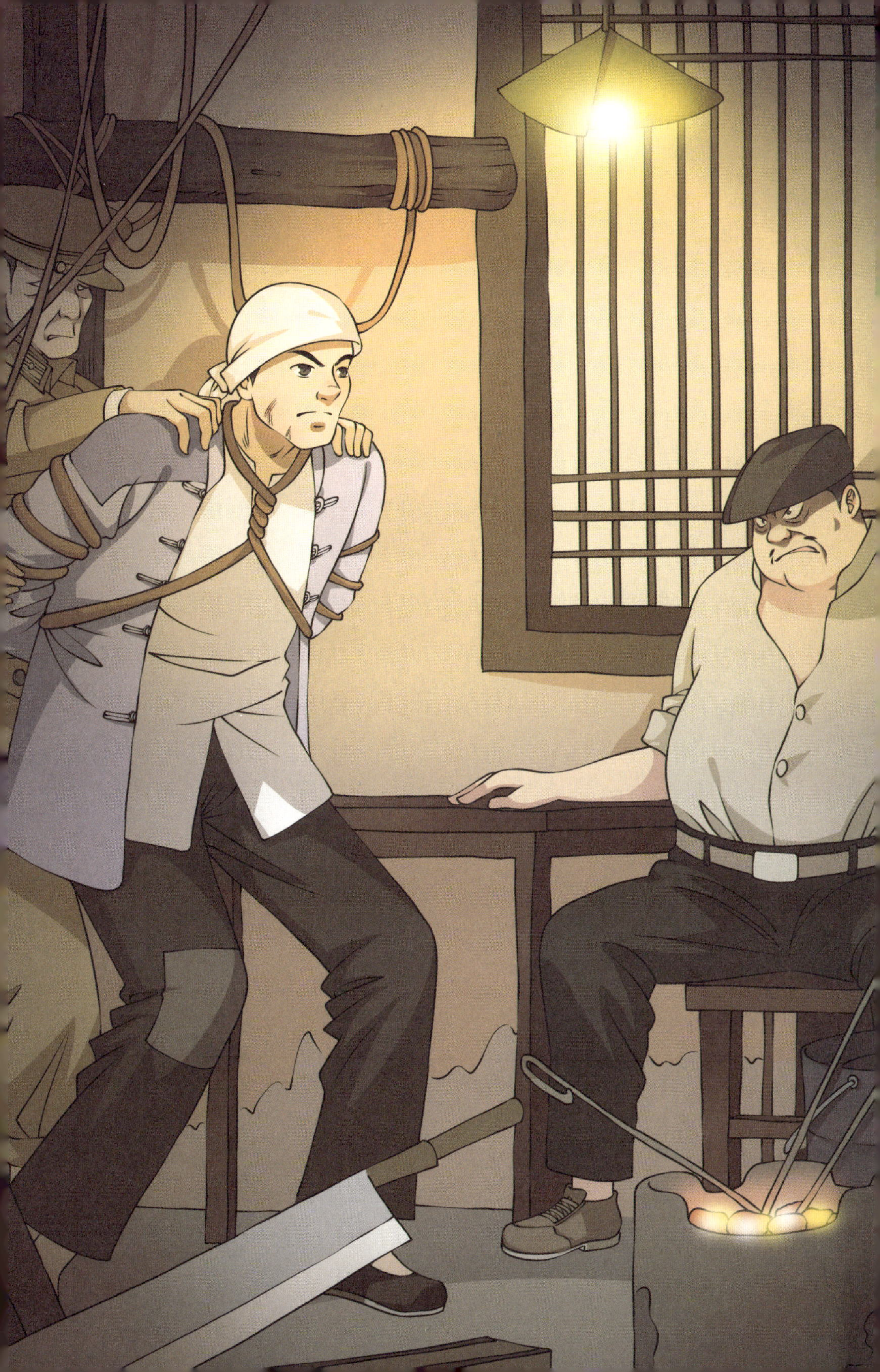

小队长起了火,回头吼了一句什么。立刻有个鬼子兵引来三只洋狗,都气咻咻地吐着红舌头。饭野呜噜地叫了一声,指指大水的腿。一只狗就蹿上去,只一口就连肉带裤子,血淋淋地撕下一大块。大水挣扎着,凄惨地叫了一声,痛得他头上汗珠儿直往下滚。饭野又指指大水的胳膊,那洋狗猛地直立起来,两个爪子往前一扑,又咬了一口,大水就昏过去了。【阅读能力点:这两句详细描写了日本人对大水惨无人道的虐待,突出了敌人的残暴恶毒,激起人们对敌人的仇恨之情。】

忽然,人群里一个白头发的老妈妈,跌跌撞撞地冲出来,扑在大水身上,眼泪直流地喊:"你们别造孽啦!这是我的儿啊!你们要把他治死啦!"群众都哭了。几百个男女老少一齐哀求说:"他实在是个好庄稼人啊。你们饶了他吧!"鬼子怕老百姓怜惜他,就一脚踢开老婆儿,把大水架起来,带走了。

敌人回到东渔村,牛大水醒过来了,敌人把他押进警备队住的后院,关在南屋一个木笼子里。傍黑儿,看守他的老头,悄悄对他说:"你娘看你来啦,你们说话小声点儿。"就走出去了。大水心里想:"我娘早死啦,怎么又来个娘呢?"正想着,看守带进来一个白头发的老妈妈,手里提着个篮子。大水认得她是西渔村王树根的娘,王树根已经在"扫荡"开始的时候,给敌人活埋了。

老妈妈抓住木笼,把头伸过来,小声说:"大水啊!我把你认下啦,你就说你是王树根。双喜叫你沉住气,什么都别承认。咱们一村都在保你呢。唉,我的亲人哪!看着你,真叫人心疼得不行啊!今儿个谁也吃不下饭,大伙儿正在给你凑钱呢。"大水听着,心里一阵

热辣辣的，泪珠儿直往下掉，哭着说："娘！你放心！……你跟双喜说，我死活总得争口气，你们……别结记我！"

老妈妈撩起破衣襟，擦了擦眼泪，从篮里拿出乡亲们交给她的鸡子儿、油散子、烧饼……把它们塞进木笼里。

过了两天，两个伪军端着枪，把大水提出去过堂。走到鬼子营房，大水看见门口站着西渔村的许多老乡亲，老妈妈也在里面，都眼巴巴地望着他。

正当敌人要将大水放了的时候，被前来的张金龙认出来了，大水又被抓住。【阅读能力点：故事情节再生波澜，让人不禁提着心，为大水的安危担忧，同时更加痛恨张金龙。】原来张金龙在"扫荡"一开始，就投奔了他原来的主子何世雄，当上汉奸了。他们把大水带到何庄，押在何家大宅的后院。

深夜，牛大水给押到何世雄的屋里。

屋里点着两盏大泡子灯。里面的人一个个凶眉恶眼，杀气腾腾。旁边放着棍子、刀、绳、压人的杠子……火炉里烧着烙铁和火箸。大水瞧着，就像进了阎王殿。【阅读能力点：作者详细描写了屋里人的神态和屋里的设置，还把屋子比喻成阎王殿，可见牛大水进了这屋子，就像是进阎王殿一样生死未卜。】

何世雄见了牛大水，恨得咬牙。他凶狠狠地笑着说："牛大水！什么都给你准备好了，你看哪样菜好吃就吃哪样吧！"两边的人喝一声："跪下！"大水说："跪什么！我没有罪！"何世雄拍着桌子骂："你混蛋！"大水气得心头冒火，说："你八个混蛋！"何世雄满脸横肉，挥手说："叫他尝尝！"两个特务拧住大水的胳膊，一个从后面用条白布把他脑袋一勒,另一个拿两块檀木板,照大水脸上啪啪啪地左右来回地打,几下子,打得大水嘴里连血带沫子流下来,舌头都麻了,像棉花瓣子似的。眼角上也挨了一下,只觉得昏昏沉沉,不懂事了。

他们用一卷草纸把大水熏醒过来。何世雄问:"黑老蔡、刘双喜他们在哪儿?"大水说:"不知道!"何世雄问:"上一回你和刘双喜到这儿来抓我,是谁报的信,谁出的主意?"大水一只眼睛糊着血,一只眼睛瞪着,说:"你别问我,你问我干吗?"何世雄冷笑说:"嘿!这小子还没尝着好滋味呢!给他一碗黄米饭吃!"

大水背后那家伙,用膝盖顶住大水的腰,手里的白布紧紧一勒,勒得他仰了脸。旁的人就用小米泡凉水,往他鼻子里灌。何世雄说:"你吃这碗饭怎么样啊?饱饱儿地吃一顿吧!"大水忍不住,一吸气,呼地就吸进去了,呛得脑子酸酸的,忽忽悠悠地又昏过去了。

他们又把他熏过来。大水迷迷糊糊的,鼻子里喷出来的小米全成了血蛋蛋,嘴里也出来了,身上又是血又是水。何世雄得意地说:"你小子好啊!铁嘴钢牙,柏木舌头。到了我手里,看你还厉害不厉害!"

他们用尽了各种刑罚,大水受尽了各种罪。他们想掏出口供,把这一带共产党一网打尽,可大水咬着牙,一个字也不说。【阅读能力点:这一处描写衬托出大水的顽强不屈、视死如归的英雄气概。】鸡叫了,拾掇他的人们全累得不行了。何世雄擦着秃脑瓜上的汗,把鼻子都给气歪了,说:"这号东西不是人!快拉出去砍了他,喂狗吃!"大水已经躺在地上不能动了。一伙人架着他,张金龙拿着一把

大刀，颠着屁股走在头里，何世雄的那条狼狗，摇着尾巴跟在后面，都往村外走。

月亮很明，四下里静悄悄的。到了村南一片乱坟堆，一棵孤零零的杨树旁边，他们剥下大水的血衣裳，大水只穿个裤衩儿，光着头，赤着脚，给他们推推搡搡地按在地上。狼狗蹲在一边等着。张金龙先把刀子在石头供桌上哧哧地磨了几下，月光里，那刀子真亮啊！他挥起大刀……【写作借鉴点：文章结尾设置悬念，引起读者的好奇心。】

第十回 睡冰

名师导读

在危急关头，牛大水被同志们救下，带回去养伤。冬天到了，游击队的成员们在人民群众的掩护下，躲过了日本人的抓捕，继续抗日。

张金龙刚挥起刀，后面有人喊着过来："喂！喂！慢着慢着！"张金龙回头一看，几个人跑到跟前来说："大队长叫你先别砍，赶紧回去！"牛大水被带回到何家大宅，又给关到后院的小屋里了。

原来何狗皮从镇上回来，半路给刘双喜他们劫走了。放护兵回来送信，要用何狗皮换牛大水。约定了地点，限明天交人，要不送回牛大水，撕了他狗皮，还要报仇。【阅读能力点：补充说明牛大水没有被杀的原因，使故事情节更加完整、严谨。】

船载着大水到了一片苇塘旁边，濠里咿咿呀呀出来一条小船。船头上坐着一位老先生，两只船靠拢了。他过这边大船上来，跟何世雄的父亲见面。

船上那些伪军，都把手里的枪放了下来。梁广庭老先生说："那边找我当个中人，牛大水来了没有？"何世雄的父亲指给他，老先生掀开破被子，吃了一惊。他摸了摸大水的心口，慢慢放下被子，耷拉着眼皮不说一句话了。

那姓何的老家伙忙跟老先生解释,把打坏牛大水的责任,完全推在日本人身上。又说要把何狗皮送来了,才能放牛大水回去。

梁老先生叹气说:"唉,太翁,这事儿我怕办不了!要说你们的少爷,我见来着,人家连一根汗毛也没动!将心比心是一个理。人成了这样子,这可怎么说?咱们也不能一手遮天,一手盖地啊!那边的意思,原是先把牛大水接回去,再送你们少爷过来。你要不乐意,我就越发难以为力了。"两个人谈了半天,还是老先生担保,先把牛大水送过去。

大水给裹在破被子里,抬上小船。小船又咿咿呀呀地钻了濠,在苇塘里这么一拐,那么一弯,走了半天,来到另一片苇塘。划船的打了一声口哨,苇丛里立时钻出两条小船,船上高屯儿、双喜、牛小水,都抢着跳到这边船上来。【阅读能力点:"立时""钻""抢""跳"形象地写出了高屯儿等人对大水的关心和担忧。】

他们一看见大水被打成这个模样,都愣住了。高屯儿牙齿咬得咯嘣嘣地说:"这还行啊?他们把咱们的人打得死不死、活不活的,咱们可不能白白饶了这狗皮!"双喜忙说:"这笔账以后再跟他们算,现在人已经回来了,可别叫老先生为难。"没想到小水这孩子擦了眼泪,一句话不说,早跳回那边船上去,拔出攮子,把何狗皮的鼻子嚓地一刀割下了,一伙人把大水抬过这边船上,老先生赶忙把何狗皮送走了。

半夜里,两只小船划到淀里一个小村,这村只有三十几户人家,四面全是水。小梅她们也早来到这儿,都眼巴巴地等大水回来呢。房东大嫂子早拾掇好一个炕，烧了一锅开水等着。人们把大水抬进来，杨小梅一看见，不由得一阵心酸，望着他含了两泡眼泪。他们把大水轻轻放在炕上，拿灯照着，一揭开破被子，围着他的同志们全哭下了。

大水！大水！本来那么壮的好小伙子，这会儿糟害成什么样儿了呀！脑袋肿得跟大头翁似的，狗咬的伤口都出了蛆，十个指头给钉子钉得从胳膊肘儿以下全乌紫了，浑身还哪儿瞧得见一块好肉啊！他昏迷着，只剩下一丝儿气了。【写作借鉴点：作者分别从侧面、正面两方面，描写了大水被上刑虐待后的惨状，也从侧面突出了日军和何世雄等人的残暴、毫无人性。】

同志们的心给什么咬住了似的，都忍不住哭出声来了。

秋天，旱地上到处都是敌人。五里一个大岗楼，三里一个小岗楼。到后来，白洋淀里也有敌人了，大村都修了岗楼，小村也常去。敌人征的出赋，预借的食粮，吃不尽，天天香油白面、猪肉鸡子儿……老百姓吃草籽、榆树皮、酸里苗、红薯叶儿……有的挖野菜，挖着挖着就饿死了。环境真残酷，真艰苦啊！

程平、黑老蔡他们还在旱地上坚持。刘双喜一伙分配在西部白洋淀。他们掌握村干部，联系群众，跟敌人作斗争。

牛大水病了好长一个时期，全靠老乡亲尽心地照顾，同志们轮流伺候。在那艰苦的环境里，不能不常常转移。老乡们有时把大水藏在洞里，有时藏在船上，有时用"小排子"把他藏在苇塘里。大水的病慢慢地好起来。大秋以后，伤也好得差不多了，只是身体很虚弱。

冬天，白洋淀冻冰了。太阳照在冰上，四下里亮晶晶的，冰上面

映着天空的蓝色。鬼子坐着老百姓的冰床，一长溜，一长溜，飞快地在冰上跑，到各村搜查。他们明知道有"八路"活动，可怎么也抓不住。

后来，敌人的"讨伐大队"从旱地上转悠过来了。一时，这一带大大小小的村子，都住下了鬼子，搜查、翻腾、拷问老百姓……双喜他们和一些村干部，都在老百姓的掩护下撤出来，隐蔽在白洋淀的苇塘里。这一年，白洋淀的苇塘，全留了"边苇"——老百姓把里面的苇子割了，四周围留下一圈苇子，好掩护八路军。【阅读能力点：老百姓对八路军的保护和支持，使得八路军在敌人的严酷扫荡下保存了有生力量。】

一连好几天，双喜他们都在苇塘里的冰上过日子。饿了，把老百姓偷偷送来的麻饼、棉籽团儿、野菜揿的糠窝窝等杂七杂八的冷东西分着吃，渴了就嚼冰凌子。双喜说笑话："这是冰糖哪！一人一块，不花钱。"大家咯吱吱，咯吱吱，嚼得怪起劲。送来了地梨面的饽饽，就给大水吃。大水脑瓜儿上箍着白布，仰躺在高屯儿怀里。他很过意不去："我的伤已经好了，凭什么该吃好东西呀？"拿个饽饽让来让去，临了还是吃半个，那半个一人一小块，分着吃了。【阅读能力点：大水与双喜等人之间的互相谦让，体现了他们互相关爱、同甘共苦的美好感情。】小梅穿着老百姓给她的破棉裤，膝盖上吊着一块破布，西北风吹着，破布一掀一掀的。秀女儿说她："哈！你这个裤子上还吊个门帘儿呢！"小梅也忍不住笑起来，说："你这调皮鬼，别出我的洋相啦！"

太阳射在冰上，刺得人眼睛痛。人们成堆地坐着，有时候开讨论

会，有时候擦枪。擦着擦着，就唱起歌来。

晚上，月亮挂在天空，冰上闪着青幽幽的光。突击队轮流出发，到这村那村，去骚扰敌人。留下来的同志，在冰上垫着苇叶子，铺着席，就在冰上睡；男同志一摊，女同志一摊，三四个人盖一条被子。人肉是热的啊，睡着睡着，冰就化了，身子底下水济济的。小梅笑着说："你们翻身打滚，可得小心点儿啊，冰给肉吸得薄了，别把咱们漏到水晶宫里去哟！"那边大水笑着说："别打牙玩啦！这么厚的冰，搬个火炉子来，也漏不下去。"大家挤着乱笑。

在冰上睡了几天，每一个人眉眼都浮肿了，有的腰痛，有的腿痛，女同志都闹肚子痛……可是，谁都嘻嘻哈哈的，没有一个人叫苦。

第十一回 拿岗楼

名师导读

鬼子撤走后，游击队根据党的指示，开始各个击破，攻打岗楼。在拿下小蒲村的岗楼后，黑老蔡决定攻打大杨庄的岗楼，恰巧那里的伪队长就是张金龙。黑老蔡等人能顺利抓到张金龙吗？

刘双喜这一队，在冰上坚持了七天七夜。鬼子"讨伐队"讨伐不出什么结果，反倒受惊、挨打，没奈何，只好撤走了。干部们又藏到村里，活动得更欢啦。

有一天晚上，双喜到程平、黑老蔡那儿去开会，到的同志很多。分区的首长报告目前形势：敌人占了这么多地方，兵力不够分配，许多村的岗楼都用伪军把守，正好各个击破，打开局面……双喜回来以后，大伙儿讨论了党的指示，就活动开了。

一天后半晌，双喜他们四个人都是治鱼的打扮，脚上穿着"牛皮绑"，戴着"脚齿"。两只冰床上放着鱼篓子和砸冰用的凌枪。高屯儿、牛大水都拿着五股鱼叉，站在两个冰床的头上，冰床的后梢，双喜、赵五更使篙丫子一撑，两只冰床溜了个快。

一会儿，来到小蒲村，望见岸上岗楼底下，有个伪军在站岗。高屯儿的鱼叉上，吊着个大鲤鱼，活蹦鲜跳地甩着尾巴。岗楼上伪军跑过来，站在岸边说："我们班长正想吃鱼呢。就留下这条大鲤鱼，以后你们来拿钱。"说着伸手就来抢。【阅读能力点：作者细节描写得生动，以小窥大，可见伪军平日里作威作福、鱼肉乡里的模样。】高屯儿说："老总，你慢着！这条鱼前面岗楼上已经定下了。以后叉下大鱼，再孝敬你吧。"伪军不依。双喜忙说："先生，你别着急。你要大鱼，这篓子里还有呢，才叉上来的，都活着哩。"伪军说："小了我可不要！"就弯下腰来看。

刘双喜不慌不忙，从鱼篓子里掏出手枪来对着他，说："别作声！"伪军吓呆了。高屯儿说："嚷，就打死你！"一手把伪军的枪夺了。双喜说："你可别害怕，咱们中国人不打中国人。你好好儿说给我们，班长和弟兄都在哪儿？枪在哪儿放着？"那伪军上牙打着下牙，说："我……我……我说，你们饶命！楼上没人，他们都在北……北……北屋。班长怕弟兄开小差，枪都在他东间墙上挂……挂……挂着呢！"【写作借鉴点：通过对伪军结结巴巴的语言描写，形象地写出了伪军胆小、害怕的样子。】

正说着，又有一伙治鱼的撑着冰床子来了。双喜向他们招手说："来吧，来吧，叫咱们送鱼呢。"他们过来了。留下双喜看着伪军，大水、高屯儿左手提鱼，右手拿枪，大袄搭在胳膊上盖着枪，走在头里。一伙人把枪揣在怀里，跟在后面。来到岗楼跟前，进了栅栏门，闯进北屋一看，堂屋没人，西间有几个人围着火，脱了衣裳在搓疥，东间那班长身上罩了一块大白布，一个师傅正在给他剃头呢。

大水、高屯儿直奔东间。班长斜着眼睛看见鱼，笑着说："哈！送鱼来啦？"高屯儿亮出枪来，对准他说："着，吃鱼吧！"班长吓傻了眼。剃头师傅剃了半个脑袋，一害怕，刀子掉在地上了。几个

"治鱼的"奔进来，把桌上的盒子枪和墙上的大枪都敛了。大水、高屯儿一面把班长捆起来，一面对剃头师傅说："没有你的事儿，你还不快跑？"那师傅一听口气，就知道是八路军来了。拿上他的东西，很高兴地出去了。西间的伪军可发觉了，披上大袄就想逃走。牛小水、赵五更一伙人，早拿枪堵住了门口，喝着说："谁跑？叫他吃'黑枣'！"只一阵工夫，一班人连班长全押到了岸边。

附近的老百姓得到消息，都欢天喜地的，偷偷把冰床子送来。双喜他们就把俘虏和胜利品，一下子都载走了。留下大水、高屯儿放火烧岗楼。老乡们帮忙用席子卷成筒，从底下点着柴火，火头顺席筒蹿上去，烧了个旺。【阅读理解点：透过老百姓兴高采烈的神态和积极主动的行为，可以看出百姓对八路军的拥护，与伪军的不得人心。】楼上的手榴弹忘了拿，轰隆轰隆地炸得怪响。有些老百姓这才知道，说："哎呀，八路军多会儿来的呀？怎么见也没见着，就把岗楼端啦！"

这天，黑老蔡来了。他们县委分了工，几个委员深入各区，直接领导对敌的斗争，黑老蔡就分配在这儿。

晚上，他了解情况以后，就跟大伙儿商量，要拿大杨庄的岗楼。在西部白洋淀，这是最大的一个钉子，非拔掉不行，恰巧那里的伪队长就是张金龙，李六子在他手下当班长。同志们愤恨地说："张金龙坏透了，咱们先拾掇这家伙！"许多人主张，把张金龙抓来，给牛大水报仇。

可是，张金龙这小子很刁滑，人少不出村，提防得很紧。岗楼又造得挺严实，外面两道铁丝网，站着双岗。天一黑就下锁，还有恶狗守着，楼上房上都有放哨的。【阅读能力点：介绍岗楼的布防情况，说明攻克岗楼、抓到张金龙的难度十分大。】村里办公人也给勾结得紧紧的，没法掌握。大家商量了半天，想不出一个办法。

杨小梅说："我的姥姥家就在那儿，我先进去看看怎么样？"黑老蔡叫她小心些。当天晚上，送她到大杨庄村外，小梅就偷偷进去了。

小梅去了三天，回来了。她从底襟的角儿拿出一张画着岗楼分布的地图，递给黑老蔡。

晚上，同志们集合了。天阴得很沉，对面不见人。一伙人带了梯子、铁锉和叫作"软收子"的小锯……摸到大杨庄西边苇子地里。

小梅提着小油瓶儿，说："你们等着，我去了。"双喜说："你一个能行吗？还是我跟着你去吧。"小梅说："我一个就办了，人多了怕给发觉。"

小梅独个儿闪进村，到了朱家北门。门还没有插上，她轻轻推门进去，藏到右手的一间厨房里。等了一阵，里面有个妇道出来，把大门插上了；进了二门，又把二门插上了。小梅等到深更半夜，悄悄走出来，仔细地用鹅毛在大门上下的转轴上抹了油，一点儿声音都没有地拉开门，又把跨院的小门也开了，就出来，把大门轻轻带上，【阅读能力点：在门轴上抹油表现了小梅的小心谨慎。】急忙回到苇子地里，说："门开了，快去吧。"

大伙儿跟着小梅走。天很黑。他们一个跟着一个，转弯抹角，来到朱家大宅，进了跨院。院里的荒草半人高，大家贴着墙根溜过去。到了二层楼后墙东窗户下面，搭了梯子上去，用铁锉和"软收子"，

抹了蒜——这样可以没有声音，就悄悄地卸开窗棂，把里面垒的砖，轻轻抽出来，一块一块往下传。

窗户弄开了。双喜先进去，在过道里听听，房里的伪军都睡得呼噜呼噜的。他轻手轻脚地摸下楼梯，院里张金龙住的东配房黑着。闪到二进院，看见大岗楼的中间两层有灯光，没有声音，听得见顶上一层，那哨兵正在吹口哨玩儿。再往前去，一进院，抱角楼上没有动静，北屋里伪军也都睡得死死的……【阅读能力点：作者一一写出了岗楼里的众伪军毫无防备的状态，预示着这次偷袭岗楼的任务能够顺利完成。】

双喜探明了情况回来，头一拨赵五更五个就进去，溜到院里埋伏起来；第二拨黑老蔡、刘双喜五个，到大岗楼下隐蔽好；第三拨牛大水、高屯儿五个，到张金龙住的东配房门口守住；第四拨牛小水五个，留在二层楼。大家都准备好，静悄悄的，单等黑老蔡到大岗楼顶上，解决了哨兵，一齐动手。

黑老蔡带了四个人，轻轻摸上第二层岗楼，看见桌子上点着几个灯，伪军都睡得跟死猪似的。留下三个人，他和双喜又上了三层楼，灯光里，枪套子挂在墙上，李六子光着脑瓜儿，枕着盒子枪，下巴朝上，张着个嘴，正在打呼呢。又留下双喜，黑老蔡独自提着盒子枪直往上走。顶上那哨兵听见楼梯响，问："谁？"黑老蔡沉住气，一边低声说："是我。"一边跨大步子上去。哨兵问："你是谁？"黑老蔡笑着说："哈，是我嘛，还有谁？"哨兵说："你换岗来啦？"黑老蔡已经上了楼，一眼瞧见，黑暗里闪着烟卷儿的火光，那伪军抽着烟、怕冷地拢着手，一支大枪在怀里抱着。黑老蔡抢上去，一手攒住

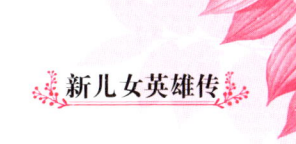

他的套筒枪，一手用盒子枪顶住他，喝一声："别动！好好儿待着，没你的事儿！"就听见这儿也喊："别动！"那儿也喊："别动！"前前后后都动作开了。

那哨兵吓得不敢作声，乖乖儿地缴了枪和子弹，黑老蔡押着他下来。双喜已经把李六子降服了。

二层楼上，三个同志身上都背了几支大枪，看守着俘虏。

黑老蔡忙着要下楼，正碰见牛大水、高屯儿急急忙忙地跑上来问："这儿有张金龙没有？"黑老蔡吃了一惊，镇静地问："怎么？他不在屋里？"大水说："屋里光有一个小护兵，我们从后院找到前院，那两拨子都得了手，抱角楼上的哨兵也叫下来了，可就是找不到张金龙！"

经过审问得知，张金龙在一个寡妇家，于是他们出了朱家北门，转了几个弯，来到一个姓陈的小寡妇家门外。老蔡先派赵五更、牛小水把住前门，又派牛大水、高屯儿守住后墙，黑老蔡亲自带着王圈儿几个人上房。

张金龙这会儿没睡着，正和小寡妇耍笑呢。听着房上仿佛有脚步声，仔细一听，他就知道不好，心里一急，就对小寡妇低声说："坏了！有人来抓我们了！快穿上衣裳，我保护着你走！"小寡妇吓昏了。两个人急忙穿了衣裳，张金龙提了盒子枪，拉着她就走。

对面房上已经压了顶，黑老蔡他们正预备下来。张金龙轻轻抽出门闩，猛地开开门，照对面屋顶打了一枪，随手把小寡妇往门外一推。【阅读能力点："随手"一词体现了张金龙的无情无义，与上文中他的话语形成鲜明的对比，更显出他的人品恶劣。】房上的人听见

开门，瞅见屋里有个人影跑出来，只当是张金龙，就一个排子枪打下去，那小寡妇被打死在院里了。

枪声一停，张金龙箭似的窜过院子，开了大门就想跑。门外赵五更正要开枪打，可是牛小水扑了上去，想捉活的。赵五更不敢开枪，也抢上去抓他。张金龙会拳，一闪身把小水摔在地上就跑。赵五更跟屁股就追。张金龙钻进小胡同，赵五更也追进小胡同。赵五更一枪打去，枪子儿飕地从张金龙头皮上擦过。张金龙回头一枪，也没打中，就转弯抹角，拼命往村外跑。赵五更死死地追，跟住不放。

到了村外，张金龙在冰上跑。赵五更也在冰上追。他一面追一面喊："张金龙！别跑了！你也是个中国人，缴枪就不杀你！"张金龙一面跑一面喊："赵五更！你放了我，往后有你的好处！"赵五更恨得咬牙，跪下一条腿，瞄准那黑影打去，张金龙左肩膀中了一枪，一个踉跄差点儿摔倒；他站住脚，转身就是一枪，赵五更正要放第二枪，可就给张金龙打中了……

黑老蔡一伙赶到时，赵五更已经牺牲了。

这时候，岗楼烧着了，是双喜他们和大杨庄的老百姓在烧楼，火头很大，蹿得挺高，在黑暗的夜里特别亮，冰上映红一大片。老蔡他们忽然看见东边远远的一个村子里，也蹿起了火头；靠南，又有一个村子里，也起了火把那边天都照红了。同志们知道，东部白洋淀，也在烧岗楼呢。

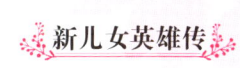

第十二回 最后一滴血

名师导读

> 到伪大乡开会的保长们被鬼子伪军扣押了，威胁人们交出粮食。为了救出保长们，双喜自告奋勇前往伪大乡。不料，中途遇到了何狗皮，双喜牺牲了。

张金龙逃到申家庄，在郭三麻子的岗楼上治了几天伤，就抬到镇上去了。咱们这边，将俘虏们教育了三天，连李六子都放了。

春风到处吹，白洋淀开冻了。游击队更加活跃，又拿下了好些个岗楼。敌人几次三番到这儿来抓夫派差，想把岗楼重新修起来，可是老百姓和八路军一个心眼儿，白天修，晚上拆，总是修不起。敌人没办法。八路军就把白洋淀里大部分村庄都控制了。剩下一些村子、岗楼没有拿，伪军也给我们掌握了。【阅读能力点：概括介绍了游击队的胜利成果和美好的革命形势。】

可是，城里、镇上和申家庄那些据点里的日本人还不甘心，经常集中兵力，到这一带来，强迫老百姓继续支应他们。共产党怕村里受害，各村都派"联络员"，表面上应酬敌人，伪办公人也派进步分子给当上，有的保长、甲长骨子里还是共产党员，暗里都维护老百姓的利益。敌人要什么东西，尽量掌握住不交，少交或是晚交。用种种办法欺骗敌人，把敌人的眼睛、耳朵都蒙起来。

鬼子出来"讨伐"，净挨揍。有一次敌人的三只包运船，都是"大槽子"，上面载满了大米、席、鸭蛋，从市镇出发，往天津去。半路上，中了游击队的埋伏，二十几个伪军都被解决了。鬼子死的死，伤的伤，给活捉了好几个，都送到军区日本反战同盟支部去了。两挺捷克式轻机枪、一挺玛克辛重机枪，都叫黑老蔡他们缴获了。以后，敌人就不敢轻易到淀里来。

中秋节，申家庄伪大乡公所催粮，把这一带保长都传去开会了。天黑，还不见保长们回村。【阅读能力点：点明时间，交代事情发生的原因。】黑老蔡刚从县上总结工作回来，和同志们在大杨庄一家堡垒户的院子里，一面等候消息，一面闲谈。

正在说说笑笑，去探听消息的老乡回来报告说，开会的保长们都给敌人扣留了，押在申家庄大乡的乡公所。七天以内，粮食不交齐，就要把保长枪决。大伙儿一听这个消息，都愣住了。静了一会儿，黑老蔡说："这事儿要不跟伪大乡打通关系，怕解决不了问题。"

不过，提起这个大乡，人人都发怵。敌人在那儿村边上修了一个挺大的岗楼，鬼子伪军日夜都戒备得很严。伪大乡长申耀宗，心眼儿挺多，很难打交道。人们说，他明里不显，暗里劲头可大呢。最近镇上何世雄又派何狗皮到申家庄，当特务队的队长，帮助郭三麻子，实行鬼子的一套"强化治安"，闹得挺凶。谁都不容易突进去。

老蔡寻思着说："保长们一定得救回来。他们要给敌人杀了，往后工作更不好做了！可是要救保长，就得'克'住申耀宗，叫他给咱们办事。反正这个地区是要开辟的。眼前这一关，再怎么困难，也非突破不行！"

黑老蔡那么一说，许多同志就抢着要去。高屯儿说："那就是个刀山，我也得钻钻！"大水说："这地方好比一片园子地，本来是从我们手里生、手里长的，非把它弄回来不行！"双喜说："还是我去吧。要是不成，你两个再去。"黑老蔡考虑的结果，决定派双喜先去。双喜就忙着准备，第二天晚上，突到申家庄去了。

双喜刚进村，就远远地看见何狗皮带着特务队迎面过来。双喜可像猴儿似的机灵，连忙闪进一个胡同里。月亮照得明朗朗的，何狗皮看见一个黑影一闪不见了，忙带着人叫喊着追过来。【阅读能力点：双喜出师不利，刚进村就遇见麻烦，让人不禁担忧他接下来的处境。】

双喜路很熟，在胡同里拐了个弯儿，想绕出去，可想不到那胡同堵死了。敌人已经追进胡同，他匆忙间瞧见几家老百姓都上了门，只有一家房子烧了，破门还敞着，跑进院子去一看，西边还留着一间要倒不倒的屋子。他急忙钻了进去，掏出盒子枪，隐在一扇破门后面。听见何狗皮喊："这是个死胡同，咱们一家家搜，看他妈的跑哪儿去！"

他们乱哄哄的，砸门，骂街，到住家户去搜查。

何狗皮他们挨家挨户翻腾，可是搜不出来。末了，走到这个破院外面。何狗皮问："这里面搜过没有？"有人说，大半搜过了。何狗皮挥着枪说："再搜搜！我就不信，难道他插起翅膀飞了不成？"就有三个特务提着枪走进来了。

双喜想："怎么也跑不出去了，豁出我这一百多斤拼吧。"

他瞄瞄准，叭的一枪，就撂倒了一个，那两个吓得回头就跑。何

狗皮喊："好！在里面，在里面！大伙儿快冲进去，抓活的！"可是特务们谁都不敢往院里走。何狗皮自己也害怕，就马上派人到岗楼去搬救兵。

立时，鬼子伪军都出动了，来了足有七八十人。四面房上都压了顶，对面房顶上还架了一挺机枪。【阅读能力点：详细写明鬼子、伪军出动的兵力情况，突出了双喜的危险处境。】郭三麻子叫崔骨碌几个在房顶上喊："快出来！四面都团团围住啦，你还能往哪儿跑？""把枪扔出来！投降了，给皇军干事儿，不比穷八路强啊？"

他们喊了半天，破屋里可一点儿动静也没有。一个伪军趴在房檐上，探出头来想看一看。屋里刘双喜可瞅了个准，心里暗笑。立时，一声枪响，飞出去一颗子弹，打中那家伙的脑门儿——他一个跟斗从房上栽下来了。

伪军们吓得胆战心惊，心里想："好厉害的家伙！"一个个都趴在房上不敢动。鬼子们恼火了，机关枪咯咯地扫射开了。密密的子弹打得破窗棂的木条乱飞，屋顶震得一个劲儿掉土，眼看就要塌下来了。

双喜左边牙巴骨被打穿了，肩膀上也中了两颗子弹，不住地往外冒血。他跌在窗台底下，头发晕，两眼冒金星，老毛病又发作了：喉咙里一阵腥气，吐了两口血。【阅读能力点：双喜受伤严重，此时已经很难冲出敌人的包围圈，为后文的情节发展作铺垫。】他怕敌人冲进来，只好狠着劲儿，挣扎着跪起来。他身上只带了两颗小的圆手榴弹，忙开了盖儿，准备好，咬紧牙关，定了定神，靠在门框边，往外睁大着两只眼睛。

机枪一停，大门口的鬼子和伪军果然端着枪冲进院里来了。双喜甩出一颗手榴弹，两个鬼子倒在地上，旁的带伤逃了出去。敌人一连冲了两次，都给打退了。可是双喜只剩下最后一颗子弹啦。

鬼子发怵了，这么多人对付不了他一个八路，可怎么着！数一数，前前后后伤亡了十几个人。再这么拼下去，更要吃亏。他们叽咕了一阵，又想出了个"鬼点子"，从四面房顶上丢下许多乱柴火，准备放火，连人带房烧了他。

双喜侧歪着身子，倒在墙根上，血和汗湿透了衣裳，只剩下一口气了。他顶上最后一颗子弹，想着这一次没有完成任务，心里怪难过。【阅读能力点：双喜在生死关头，没有对死亡的惧怕，有的只是无法完成任务的难过，突显了他大无畏的革命精神。】忽然听见何狗皮在房顶上骂："他妈的！你出来不出来？一时三刻就把你烧成黑炭了！你要乖乖投降，还能饶你一条狗命！"

双喜听得恼火，硬鼓起劲儿来喊着："何狗皮！别放你娘的狗屁了！老子是个共产党员……死也不投降！今天你们可……大大……赔……本啦……"他很费劲地举起枪来，用舌头困难地顶住凉冰冰的枪口，心里觉着这样办，总算对得起党，对得起毛主席，对得起老百姓，就毫不犹豫地，对自己嘴里，打了最后一颗子弹……

为祖国，为人民，为党，他光荣地流尽了最后一滴血！

第十三回 探虎穴

名师导读

牛大水接过了双喜未完成的任务，他在这个过程中遇到了哪些困难，任务完成了吗？

黑老蔡他们得到双喜牺牲的消息，非常悲痛，连许多老百姓都哭了。

牛大水接受了任务，再去申家庄摸敌情。他绕西头进了村，来到申耀宗家前院里，南屋黑着，没点灯。二门是个圆门洞，没有门。牛大水进去，看见里院北屋、东屋、西屋都点着灯。黑暗的院子里，窗户显得特别亮。大水直奔上房，在门口一听，里面没人声。大水心里想："要是有汉奸队，一定会说话的。"就轻轻进了堂屋。

堂屋黑着。东间可有灯光，吊了个门帘。他使枪头子一挑门帘，就闯进去了。

里面，申耀宗正躺在烟灯跟前；他的小老婆躺在他对面，正给他装烟呢。申耀宗瞧见牛大水端着盒子枪进来，脸上变了色，一侧歪坐起来说："牛队长，怎么你来了！打哪儿来？"牛大水叫他不用起来，说："你先抽吧，抽足了咱们再谈。"申耀宗忙着下炕，说："我抽足了。你请坐！真对不起，我净做些没出息的事儿。"【阅读能力点：申耀宗的这句话表明了他还是有点儿中国人的良知的。】大

水见他没有枪，就把手里的盒子枪关上小机头，保了险。

牛大水穿得很破烂，拣个椅子坐下，把枪放在桌子上。大水叫申耀宗坐下来，问他："你那东西屋里是谁？"申耀宗说："东屋是我儿媳妇，西屋是我母亲和内人，没有外客。"牛大水说："把她们都叫到这儿来！"

申耀宗依顺地走出去，大水跟着他，顺便去把大门插上，一家人都带到上房来了。她们哆哆嗦嗦地问："吃饭了没？"大水说："我饭也吃过了，水也喝过了，就谈个事儿。八路军不乱杀人，你们别害怕！"女人们坐下来了。大水就像上课似的，给他们讲了一顿国际形势、国内时事和统一战线。【阅读能力点：大水从最初在培训班里的懵懂无知，到如今可以大谈国内国外的形势，可见他的成长是巨大的、显著的。】他们不管听懂听不懂，都哼呀哈地点头。末了，大水对申耀宗说："老申，你看我讲得对不对？"申耀宗忙说："这可句句都是实话！"大水说："好。咱们都是中国人，得抱成堆，团成个儿，跟日本人干。你在大乡上办事，我想知道知道岗楼上的情形，你敢不敢跟我说？"

申耀宗是个猫儿眼，看时候变。他说："咱们都是中国人，怎么不敢说？我吃这碗饭也是好吃难消化。一个中国人，还能跟日本人一条心？"就把岗楼上的人数、枪支、军官的姓名、特务活动的办法都说了。

大水叫他想法子把保长放出来。申耀宗搔着头皮说："牛队长，这可是日本人下的命令，我也做不了主，不过……既然你提出来，再怎么千难万难，我自然总得想办法，达到目的。"大水说："你可得

快些!"申耀宗说:"我明天就去。"

谈了一会儿,大水说:"时候不早,咱们歇了吧。"申耀宗问:"你住在哪儿?"大水说:"就住在你家里,我还得跟你一块儿睡。"申耀宗想了想,说:"怕岗楼上有人来,咱俩就在这里面小套间睡吧。"大水说:"行喽。你一家可得在这外间睡,谁也别出去。要是敌人来找你,就说你没在家。"

申耀宗一家人,都在外间屋一个大炕上睡。大水和申耀宗两个睡在小套间里。一个在东头,一个在西头。炕上铺的大红毡,绣花枕头,滑溜溜的绸被子。大水可哪里睡得着?他心里打算盘,肚里拿主意,又怕申耀宗偷偷跑出去叫人,还怕敌人闯进来。他枕着枪,假装睡熟了,耳朵可听着动静。【阅读能力点:这里的细节描写表现了大水小心谨慎的性格特点。】申耀宗也没睡着,他肚子里大大小小几杆秤,正在称斤约两地活动呢。鸡叫了,申耀宗睡着了。大水心里还是琢磨来,琢磨去。

天一发明,牛大水就起来推醒申耀宗,说:"老申,要是敌人来找你怎么办?"申耀宗一骨碌起来,下了炕就往外走。大水问他:"你到哪儿去?"他说:"我去解个手。"大水说:"我也要解手。"就跟着他出去。

一会儿,一家人都起来了,忙着烧水做饭。申耀宗给牛大水舀洗脸水、漱口水。大水说:"你快洗了走吧。我也没有牙刷、牙粉,随便洗洗就得了。"申耀宗穿了长袍,戴上礼帽。大水跟他说:"你去好好办那件事。我等着你的信儿。要是你叫敌人来抓我,你一家人性命担保。我不过是一条命,我活不了,你一家人也跑不了!"申耀宗说:"我怎么也是个中国人,你等着瞧吧!"就出门去了。

大水穿着破衣裳,坐在堂屋里。申耀宗的娘说:"你别待在这儿了,你上里间屋躲着去吧。"大水心里想:"我才不去哩!"他站起来说:"我给你们扫院子吧。"就拿着个大笤帚,扫了一阵院子,又到外院南屋里,帮他们喂牲口。心里盘算:"嘿,这可是个好地方,我在这儿把着大门,谁也出不去!万一申耀宗带人来抓我,他可不提防我在南屋里。"

他喂了骡子又喂牛,看着那大黄牛努着嘴嚼草,爱得不行。他抚摸着牛脖子,想着有个牛耕地那多么好呀!【阅读能力点:大水的这个朴实的想法,也是中国许许多多的老百姓的想法,表现了他们对美好、安定生活的向往。】申耀宗家使唤的老婆儿把饭端来,是白面烙饼、炒鸡子儿和片儿汤。大水说:"赶快端回去,做活的还能吃这样的饭?"【写作借鉴点:语言描写,表现了大水担心露出破绽、心思细密、考虑周全的特点。】老婆儿为难地说:"已经做好了,还另做呀?"大水怕有人来,紧着吃完。在南屋一直等到晌午,还不见动静。老婆儿又端来饺子。大水说:"八路军向来就吃两顿饭,这会儿不饿。"叫端回去了。

后半晌,听见大门响了。大水暗暗隐在南屋的窗户跟前,瞧见申耀宗回来了。他手里提着两条大鲤鱼,直往里院走。大水忙躺在草堆上,假装睡着了。一会儿,申耀宗进来推他说:"胆子真不小啊,还睡觉呢!"大水起来,笑着说:"我可相信你,这是来到保险的地方啦。"申耀宗高兴地说:"好,够朋友啦!咱们到里面说话吧。"大水说:"岗楼上的人不来找你?"申耀宗说:"不会来了,他们打牌

呢。"

两个人到了北屋，坐下来。大水问事情办得怎么样了，申耀宗捻着八字胡，得意地说："哈！我给他使了个缓兵之计（延缓对方进攻的计策，指拖延时间，然后再想办法）！我跟日本队长说：'太君！眼看七天的日期到了，咱们要真的把保长杀了，干落个坏名誉，还得不到好处。倒不如把保长放回去，叫他们安心工作，好好儿给咱们催粮。一来显得皇军仁慈，二来村里有个负责人，咱也有个抓挠。'我又动员翻译官帮着敲边鼓，两下里一夹攻，哈哈，就大功——告成啦！日本队长答应明天就放他们回去。牛队长，你看这事儿我办得怎么样？"

大水点点头，称赞了他几句。申耀宗可又来了个大转弯，说："这一关过去了，将来要再交不上粮可怎么办？"大水笑着说："做了这一步，再说下一步嘛。咱们先给他拖，拖不下去，再想办法对付，不行啊？"申耀宗想了想，也只好这样，没奈何地笑着说："行喽，行喽，就这样吧。"大水说："你好好儿干吧！反正老百姓的困难，你也知道。"

大水和他谈应敌的原则，又跟他约定以后联络的办法。【阅读能力点：进一步表现了大水考虑问题周全的性格特点，也为后文情节作铺垫。】等到人们都睡下了，大水说："老申，我该回去了，你送我一段路吧。"申耀宗想了一下，说："行。如果碰见人，你别言声，我来应付。"大水揣好了枪，跟着申耀宗，来到村外。申耀宗就回去了。

第十四回 结婚的谜

名师导读

日军撤出申家庄后，黑老蔡等人开始争取和教育伪军。小梅在申家庄展开工作时，不慎遇到了日本军官饭野。饭野想要娶小梅，八路军的同志们决定趁此机会刺杀饭野。他们想出了一个什么计划呢？这计划能顺利实施吗？

牛大水回到大杨庄，同志们也都回来了。一下突开了好些个村子，大伙儿都很欢喜。过了一天，保长们果然放了回来。大家又开会，讨论党的指示：一方面要利用上层关系，主要还是要组织下层群众，扩大我们的力量。同志们又都出发，牛大水再到申家庄去，暗里发动群众，恢复各种组织……

不久，申家庄岗楼上的鬼子兵，怕对付不了八路，都撤到镇上去了，只留下伪军在这儿守备。郭三麻子更害了怕，也托病到镇上疗养。黑老蔡他们趁这机会，给岗楼上写了警告信，街上也贴满了抗日救国的宣传品。欢迎伪军反正的标语，一直贴到岗楼上。

一天晚上，黑老蔡和牛大水正在申耀宗家谈个事儿，忽然听见脚步声。【阅读能力点：与前文大水和申耀宗的约定相互照应。】隔着玻璃窗一望，瞧见三个伪军提着枪，走进里院来了。申耀宗变了脸，惊慌地站起来说："快着！你们藏到套间里去吧！"老蔡镇静地说：

"不碍事，我来应付他们！"他把小手枪掖在袖筒里，盒子枪扔在炕上，装作没有准备的样子，又低声对大水安排了几句话。三个伪军掀开门帘，进来了。

伪军一进来，瞧见炕上坐着一个连鬓胡子的黑大汉，穿着便衣，两只眼睛亮闪闪地对他们打量着；旁边坐着个粗眉大眼的庄稼汉；大乡长申耀宗站在一边，神色很不安。伪军很奇怪，一转眼，又瞧见炕上放着一支盒子枪。他们猜想那两个准是八路军，一时吓慌了，马上就想退出去。可是那庄稼汉叫住他们说："别走！我们大队长有话跟你们说哩。"

三个伪军一听是大队长，更害了怕，赶忙都立正，一齐鞠躬说："大队长有什么吩咐？"黑老蔡拧着眉头问："这么晚了，你们还出来乱跑什么？"他的声音很响亮，三个伪军听得脸发黄，恭恭敬敬地垂着手回答："是，大队长！出来想找口烟过过瘾，没别的意思。"黑老蔡说："坐下吧！"伪军说："队长在上，我们立一会儿吧。"老蔡说："不要紧，都是中国人，坐下谈谈吧。"

那大队长说："第一，没事不准出来乱跑！""是，大队长！""第二，不准勒索老百姓！""是，大队长！""第三，出来不要随便带枪，带枪也得倒背着！""是，大队长！""还有，往后有事找保长，不准随便串老百姓的门。老百姓没经过事，哪经得起你们吓唬？你们说对不对？""是是是，大队长！"

黑老蔡和颜悦色地说："你们也不用客气。咱们都是中国人，乡里乡亲的。你看，我们武器都放在炕上，就没把你们当成敌人看待。今天跟你们谈的，你们必须切实做到，我们经常要来检查的。你们可记住了！"他们说："统统记住了，大队长！"那班长又说："我们一定本着您的指示前进！"黑老蔡说："好吧，你们回去吧。以后看你们的表现。"他们说："是，大队长！以后看吧，反正我们干什么，你们都知道。"

他们提着枪，又一齐鞠了个躬，就要走。申耀宗急忙走上两步，故意表白说："李班长，我不送你们了。今天两位八路同志来教育我，捎带把你们也教育了一阵子，这可真是巧啊！哈哈哈！"【阅读能力点：申耀宗故意说这些话是为了防备日后伪军来找麻烦，表现出他心思灵活的特点。】班长说："可不，两位同志真把我们点拨开了。这比抽一阵大烟还过瘾呢！"说着，三个人恭恭敬敬地退出去了。

等他们走远，老蔡他俩才把手枪从袖筒里掏出，忍不住大笑起来，说："真有意思！这是送上门来，请咱们上了一课！"【阅读能力点：黑老蔡、牛大水两人虽然大大方方地坐在伪军面前，但也不是一点儿防备都没有的。】

经过不断地争取和教育，伪军们比以前规矩得多了。

申家庄局面打开以后，黑老蔡找牛大水、杨小梅到他那儿去谈谈。他想调牛大水开辟何庄，由小梅接替大水，掌握申家庄的工作。问他们有什么意见，他两个都很乐意地接受了。

黑老蔡看他俩并排坐在炕沿上，刚好一对儿，心里说不出地喜爱。他笑眯眯地说："大水、小梅啊，你们俩都是好同志。一个早离了婚，一个到现在还没娶。我看你两个挺合适，我给你们俩当个介绍人吧。你们先互相了解了解，好好儿考虑一下。你们看怎么样？"

大水心里扑通扑通地跳，想着："哈，一块儿出来工作了这么些年，我还不了解她呀！"小梅脸儿通红，心里也想："嘻，他什么心眼儿，什么脾性，我早摸得熟透透的啦，还用得着了解！"他俩心里虽然这么想，嘴里可不好意思说出来。

黑老蔡说："好好好！县委上的同志都想给你俩介绍，等环境再好一些，你们就可以结婚啦！现在好好儿安心工作，别着急！"他说进大水、小梅的心眼儿里去了，他俩都成了大红脸，挺难为情地笑了。

小梅到了申家庄，住在李二叔家里，每天晚上出来活动，领导下层群众工作，还经常化了装，到申耀宗家里去，根据上级的指示，掌握这个伪大乡长，暗里给咱们办事。一拿到情报，就交给交通员送到机关上去。【阅读能力点：详细介绍小梅的工作内容，让读者进一步了解小梅的人物形象。】

日子长了，小梅在申耀宗家也就不提防了。谁知道有一天晚上，斜柳村岗楼上的饭野小队长路过申家庄，想起郭三麻子说过，申耀宗有一副象牙的麻将牌，心里想要，就来找申耀宗。【阅读能力点："谁知道"表示转折，暗示着又有新的情况发生，引出下文。】护兵在门外站着，他一个人突然闯进来。小梅可正和申耀宗在屋里谈话呢。她一时躲不及，惊慌地站起来，心又跳，脸又红，用眼睛瞅着申耀宗。申耀宗心里着忙，表面上镇静地说："太君，请坐请坐！"那饭野紧盯着小梅，问申耀宗："这个……什么人？"申耀宗忙说："这是我的外甥女，没有外人。太君请坐吧！"饭野坐下了。小梅对申耀宗说："我去和婶子烧点儿水来。"说完，忙溜出去了。

饭野小队长一直看她出了门，还眯缝着眼，对门口出神地望着。一会儿才转过脸来，怪声怪气地笑着说："你的外甥女，这个的！"他翘起一个大拇指，哈哈哈大笑起来。原来杨小梅经常晒不着太阳，皮肤很白，刚才脸一红，鬼子看她挺漂亮，又见了小梅那一对黑亮亮的大眼睛，他早就眼馋，着迷了。

申耀宗暗暗捏着一把汗，就跟饭野扯话把子，想把他的注意转到旁的事上去。可是问了他几句，他好像没听见似的，说："你的外甥女，多少年纪？"申耀宗心里想："这可是坏了！我往大处说。"就随口答："27岁啦！太君到岗楼上去了没有？"饭野缩了缩红鼻子，傻笑着说："我的，"他伸出两只手，翻着，10、20、30地比画。申耀宗点头说："哦哦哦，太君30岁啦。"鬼子小队长心神不定地坐了一阵，连麻将牌都忘了要，就走了。

第二天，饭野小队长托翻译官来找申耀宗，带来一只手表、一个戒指、两匹绸缎。说日本小队长看中了他的外甥女，要娶她。申耀宗推托外甥女儿已经出聘了。可是"翻译官"说，饭野小队长吩咐的，不论怎么着，非娶不行，后天就得送到斜柳村去。如果不照办，就要把申耀宗一家人抓起来。说完，翻译官留下东西，就走了。

申耀宗愁得直搓手，出来进去地乱转。【写作借鉴点：动作描写准确生动，作者抓住申耀宗"搓手""乱转"这两个动作，形象地表现了他此时着急、发愁的心理。】尽管他心眼儿多，也变不出法儿来了。小梅来听说了这个事，也急出了一身汗，忙着回机关去商量。

小梅把碰见饭野的事儿，跟同志们一说，大家都气呼呼地嚷嚷开了。黑老蔡叫大伙儿冷静下来，好好儿想些办法。他们研究了老半

天，才想出个招儿，定了个计划，先把申耀宗叫到大杨庄，跟他谈。申耀宗很害怕，支支吾吾地不敢答应。【阅读能力点：申耀宗虽然一直帮着大水等人，但一遇到大事，就软弱无能起来。】当时就把他留下，另外派人给斜柳村送信，说申耀宗外甥女的家里已经应承了，到日子一准送去。同志们都纷纷忙忙地准备起来。黑老蔡还亲自到斜柳村去布置。

到了那一天，18岁的牛小水扮了新娘，陈大姐自告奋勇，给他当伴娘，大杨庄的米保长装作新娘的表哥，县大队的四位武装同志也化装成亲戚。【阅读能力点：原来借结婚的机会刺杀日本人饭野就是黑老蔡等人想出的好主意。一场好戏即将开演。】这六个人怀里都揣着枪。旁的同志另有任务，早都出发了。后半晌，这里送亲的船也开了。

船划近斜柳村，村里新换的保长王福海，早准备好了一顶花轿、两顶小轿、四个吹鼓手，连同几个鬼子兵和一班伪军，在堤上等着呢。一伙人上了岸，新娘进了花轿，吹鼓手吹打起来，前呼后拥地进了村。

轿子一停，两个日本人陪着饭野迎了出来。许多鬼子围上来，要看新娘。米保长忙拦挡住他们，笑着说："太君，中国风俗，不能掀面巾！"陈大姐急忙扶新娘进新房去。

牛小水穿不惯高跟鞋，头上又顶了一块绸子，在门槛上绊了一下，差点儿摔倒。陈大姐忙扶住他，吓得他出了一身汗。

天已黑下来。外面摆席了，男人们都到客厅里。客厅里吊着大汽灯，灯光白得发青，亮得耀眼睛。饭野小队长请新娘的表哥上坐，

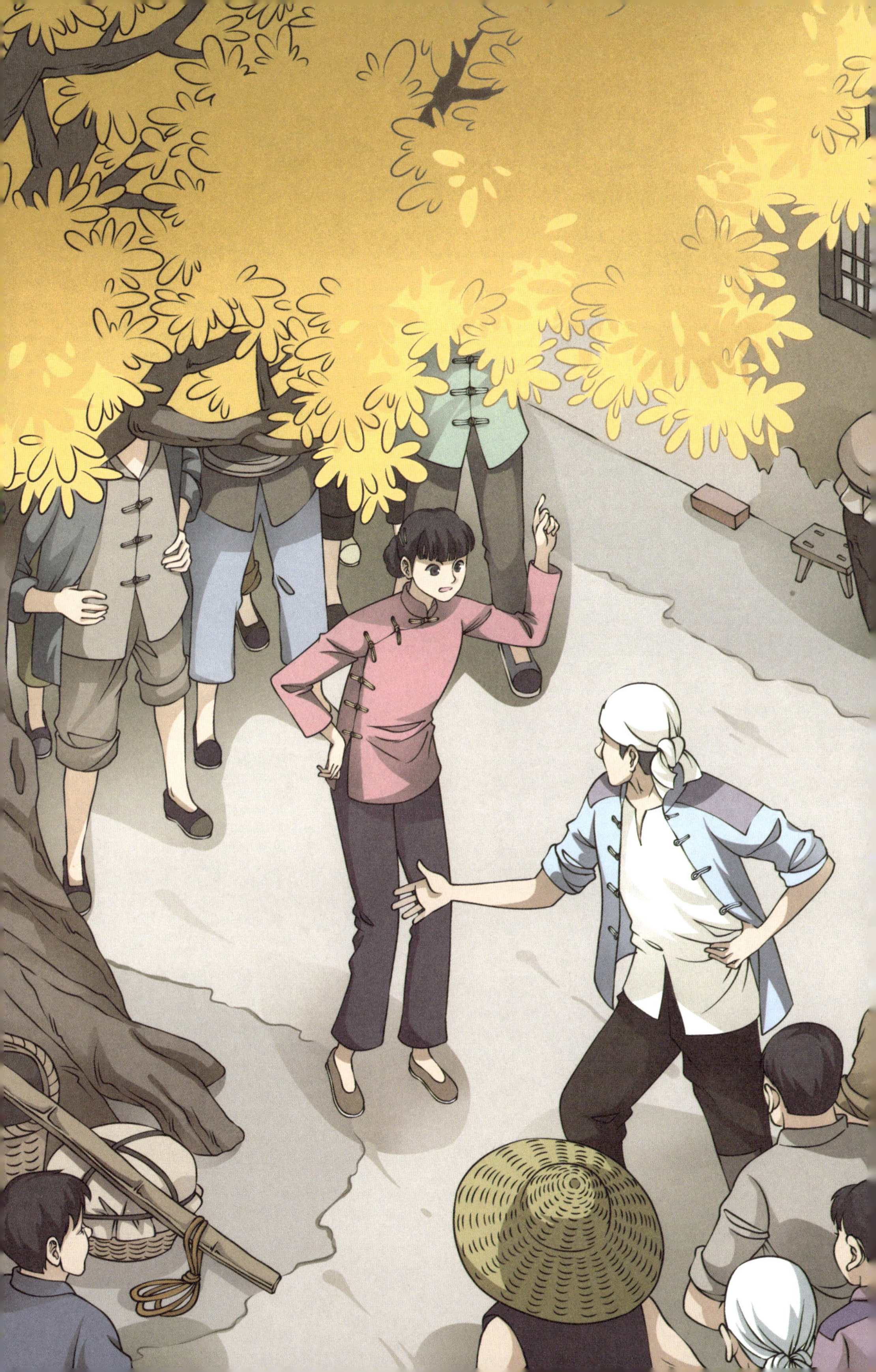

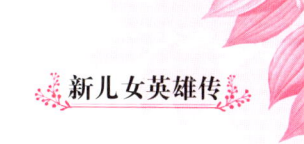

米保长说:"太君的上坐!"饭野笑着说:"你的上坐!"满客厅的人有的让座,有的打哈哈。一个个桌子上都放满了鸡鸭鱼肉,酒瓶酒杯。

米保长笑着说:"跟中国人结婚,要依中国风俗,大家多多地喝酒!"饭野小队长乐得鼻子眼睛都挤在一块儿了,大玻璃酒杯端起来咕嘟咕嘟地喝。王福海不断地给他斟酒。旁的人也都劝的劝、喝的喝。听得见厢房里那些伪军小头儿,划拳的声音也闹成了一片。

王福海的媳妇也在厨房里帮忙,她给新娘送来了饭,陈大姐和小水马马虎虎地吃了些。

一会儿,两个鬼子架着小队长进来,扶他坐在床边的躺椅上。两个鬼子歪着嘴巴笑着出去了。大姐也忙出去,顺手带上门。小水侧着身子坐在床沿上,低着头儿。客厅里传来话匣子唱戏的声音。

饭野小队长醉醺醺地向后靠着,笑得眯缝了两只眼睛,怪馋地瞅着新娘子的侧后影。他抽了半支烟,然后扔开烟头,拍着椅子说:"来来来!这里的坐!"小水心跳着,不言声。饭野以为新娘子害羞哩,伸手来拉他。小水一侧歪就趴在床上,偷偷地掏枪。饭野歪歪斜斜地起来,涎着脸拉他的腿。小水回过身来,噔的一枪,没打中。饭野一愣,小水连着又打两枪,才把他打死了。

新房里枪一响,客厅里几个同志立刻拔出枪来,踢翻桌子,先打带枪的。鬼子们来不及掏枪,就给打死在地上。一时客厅里大乱。同志们堵住门口,一边打一边喊着:"投降不杀!"院子里,从墙上跳下来许多人,都是预先埋伏的县区武装,有些奔客厅,有些奔厢房。大门口两个站岗的鬼子兵,听到里面打起来,提着枪就往里面跑,忽

然身后边几声枪响，两个站岗的都倒下了。那些化装小贩的村干部，都拿着枪往里面冲。【阅读能力点：场面描写详细生动，将一幅精彩的打斗画面展现在读者眼前，令人身临其境。】

这当儿，月亮还没上来，天很黑。村东头，淀边鹰排子上的"老乡"，听到第一声枪响，就纷纷掏枪上岸；村西头，歇在大庙里的"民夫"们，也提了枪跑出来。这些都是区小队和村里秘密组织起来的民兵。黑老蔡跟岗楼上一部分伪军早接好头，这时候里应外合（指外面攻打，里面接应），不发一枪一弹，就把两个岗楼全拿下了。

一会儿，公馆里的枪声停了。厢房里那些伪军小头儿，都是黑老蔡教育过的，一见八路军得了手，都顺顺当当地缴了枪。客厅里的鬼子，死的死，伤的伤。有的跪在地上求饶；有的钻在桌子底下，给拖了出来；有的砸碎玻璃窗想逃命，也给活捉了。

街上，人声嘈杂。村里的男女老少，都奔往岗楼去。他们举着火把，拿着铁镐、铁锹、筐和担子……一齐动手拆岗楼。拆下的木料、砖瓦，都弄回家去。只一夜工夫，两个大岗楼全成了平地。

斜柳村的胜利，使附近各村的伪军更动摇了。咱们的干部和老百姓都说："趁热好打铁，把剩下的这些岗楼都一扫光吧！"【阅读能力点：这一段起到了承上启下的作用，既点明了斜柳村胜利的意义，又引出下文八路军的动员行动。】

这一天，杨小梅把申家庄的工会、农会、青会、妇会、儿童团，全动员起来了，大家拿着各种各样的家什武器，情绪可高多啦。牛大水带来了一部分区小队，跟村里新组织的民兵一块儿，也都准备好了。天一擦黑，好几百人就密密层层地围住了岗楼。

大老鸹和伪军们不知道是怎么回事,都吓坏了。大老鸹不敢露脸,藏在垛口后面喊:"乡亲们,八路同志们,咱们都是一家人,有什么事,你们就说吧!"群众齐着声音喊:"大老鸹,你们待的日子太长了,快下来吧!我们要拆楼啦。""大老鸹,我们的棒子面,还想留着自个儿吃呢,你们回去当老百姓吧!""喂!伪军同胞们!你们那岗楼上的砖瓦木料都是我们的,我们等着使唤呢!"

牛大水喊:"大老鸹!斜柳村消灭鬼子小队的事儿,你们也该知道了吧?咱们中国人不打中国人,你们快把枪缴了,把东西归置归置,马上就下来吧!都是中国人,快回到中国人这边来吧!"

大老鸹在楼上喊:"行喽,牛队长!老乡们!我跟弟兄们说说。"听得见伪军们在楼上嚷着:"说什么!下去就下去,早就不想在这上面待了!""待在这岗楼上怪难受的,还叫我待一辈子啊?""我们都准备好了,就等着这一天呢!"一霎时,捆扎好的长枪、子弹带、手榴弹,都用绳子从垛口上一捆一捆吊下来。岗楼四周围,立时响起了一片拍掌声,越拍越响。几百个老百姓热烈地喊着:"欢迎伪军同胞回家!""欢迎大老鸹反正!""今儿个请你们吃白面!"

只几天工夫,黄花村、何庄、东渔村……好些个岗楼,都这么"叫下来"了。

第十五回 指引

名师导读

　　敌人"扫荡"以后，好些地主趁火打劫，向农民倒算、收地、夺佃、逼交几年的"欠租"，把粮食都刮走了。八路军领导人民展开土地革命运动，要求地主减租减息，改善农民的物质生活。在运动中，大水和小梅闹起了矛盾。这又是怎么一回事呢？

　　这期间，正规军在外线，接连打了几个漂亮的胜仗；地方党在敌后，领导群众，做了无数次胜利的斗争。局面到处都打开了。这一带地区也恢复了大扫荡以前的情况。县区组织重新健全起来，村政权也一天天巩固，各级武装比以前更加扩大了。【阅读能力点：总结共产党目前的胜利形势。】只是从敌人"扫荡"以来，好些地主趁火打劫，向农民倒算、收地、夺佃、逼交几年的"欠租"，把粮食都刮走了。人是吃五谷的呀，谁也不能饿着肚子抗日。民主政府一恢复，群众都要求减租。县区干部又纷纷下乡，领导这一运动。

　　谁想到减租中间，大水、小梅可闹起矛盾来了。【阅读能力点：过渡句，引出下文大水与小梅闹矛盾的事情。】

　　小梅分配在申家庄。这天她领着农民代表，到申耀宗家去说理。这一回申耀宗对农民特别客气，点头哈腰地让了座，问他们有什么事。一听说要减租，他嘴上说得挺进步，东拉西扯，暗里磨蹭时间。

他把杨小梅和代表们捧了一顿,又把自己抗日的功劳表了一番。大伙儿听了,仿佛觉得他真是自家人,心上可就不戒备了。【写作借鉴点:侧面描写,通过对大伙儿的心理描写,表现申耀宗的狡猾。】

申耀宗的话头就慢慢转到减租的问题上来。他诉了许多苦,说:"反正我这光景你们也知道,虽然我挂个财主的名,其实也是挺困难。不过,说困难嘛,总比你们众人强一点儿。怎么个减法,你们看着办吧!兄弟绝没有意见!"

小梅把减租法令一条条提出来,叫申耀宗说实行。申耀宗满口答应,约定明天就立新契。大伙儿看他挺痛快,觉得他真是开明。本来还要反倒算,叫他吐出以前多要的租子的也就不好意思提出来了。

第二天起,农会主持,在村公所,给主佃双方立新契约。申耀宗原有两顷地,里面有40亩在1938年减租的时候,因为孙家庄地缺,政府把它调剂给孙家庄的农民租种了。剩下160亩,他可只立了100亩的租约。

代表魏大猛说:"哎呀!咱们这地还是不够种嘛!"申耀宗想转移目标,暗里拉着魏大猛说:"孙家庄还种着我40亩地呢。你们代表本村群众的利益,还不去要回来?咱村的地这么缺,人家的地可种不尽呢!"魏大猛生来是一冲子性儿,给他这么一挑拨,就把这些话对旁的代表嚷嚷开了。

大伙儿也觉得这话不错,就找小梅商量说:"咱村的地不够种,得把孙家庄40亩地要回来!"小梅说:"你们要了,他们地不够种怎么办呢?"魏大猛说:"嗨,人家的地可种不尽呢!"小梅问他们,孙家庄的地到底缺不缺。代表们抢着说:"他们不缺也会说缺嘛,谁

不愿意多种点儿地呀！""我们自个儿的地还不够种咧，为什么让给他们种呀？"有个80岁的代表，外号"老祖宗"的，说："他们缺地，他们自个儿想办法，咱们可管不了那么些！"年轻的柳喜儿说："咱们自个儿挨饿，倒把白面卷子送给别人吃！"

他们你一句，我一句，说得小梅耳朵根子软了。她又不了解情况，觉得他们说得挺有道理，心里盘算："这么着就把地要回来吧！这事儿到好办，大水在孙家庄呢。"

第二天一早，小梅就领着代表们到孙家庄去。

牛大水和孙家庄的代表们，正在解决农民内部的土地纠纷呢。一见申家庄那边人来了，都站起来，干部和干部、代表和代表，都亲热地招呼、让座，欢欢喜喜地说笑开了。【阅读能力点：与后文的情节相互呼应，内容联系紧密。】谈了一阵闲话，申家庄的代表就提出来要收回那40亩地的事儿，孙家庄的代表一听就直了眼。僵了一会儿，孙家庄的代表把大水叫到隔壁屋里，悄悄儿叽咕一阵，一个个走出来，脸上都不怎么好意思。他们让大水先开口。

大水笑着对小梅说："哈呀，杨小梅同志，你们这个事儿可不好办啊！申家庄的地不是很多吗？为什么要收回那40亩地呢？"小梅先一愣，随后笑着说："你还说这个话！申家庄的地不够种，你还不知道？"大水说："申家庄的地怎么会不够种呢？"小梅说："够种还问你们要地啊？"他们两个越说越拧，脸上的笑影儿都没有了。两方面的代表在旁边听得着急，到后来再也耐不住，就你一言、我一语地抢开话了。

申家庄的代表说："反正这地是申家庄的，应该归我们种！"

孙家庄的代表说："这地已经拨给孙家庄了，我们有优先权！"申家庄的说："我们事变前就种上了，我们的优先权比你们还先！"孙家庄的说："你们那个优先权不中用！没有1938年减租，哪儿来的优先权？"申家庄的又说："我们代表申家庄农民的利益！你们这么着，叫我们跟群众怎么交代呀？"孙家庄的也说："我们代表孙家庄的利益！你们这么着，叫我们跟群众怎么交代呀？"

那边代表跟代表争了个热闹，这边大水和小梅吵了个乱爆。大水说："这有什么争的！不是明摆着的事儿啊？"小梅说："就是明摆着的事儿嘛！你还跟我争什么呀？"大水生气地说："我不跟你说了！明明你犯了本位，你还跟我吵！"小梅也生气地说："咱们别说了！你自己犯了本位，倒还怪我！"大水指着小梅说："唉！我看你是做了群众的尾巴啦！"小梅指着大水说："嘿！你才是群众的尾巴尖儿呢！"

这么着，代表对代表，干部对干部，大家脸红脖子粗，闹得不可开交。【阅读能力点：这一句与前文照应，"脸红脖子粗"与"欢欢喜喜地说笑"形成强烈对比，更突出了申耀宗的狡猾。】

正在这时候，县委书记黑老蔡检查工作来了。

人们都说："好了，好了，老蔡来了！叫老蔡评评理吧！"大水就说大水的理由，小梅就说小梅的理由；申家庄的代表讲申家庄的道理，孙家庄的代表讲孙家庄的道理。真是公说公有理，婆说婆有理，两方面又争开了。听得黑老蔡哈哈大笑，笑得大伙儿都愣住了。

黑老蔡叫他们都坐下来，先歇一歇，清醒清醒脑子，然后问他们："申耀宗倒算去的粮食，你们找他退了没有？"小梅那一伙吞

吞吞吐吐地说："这个……还没有呢！"大水那一伙也嘟嘟囔囔地说："我们尽忙着鸡毛蒜皮的事儿，还没有顾上呢！"老蔡又问："申耀宗有没有瞒地，你们弄清楚了没有？"这一问，两方面都瞪了眼："啊呀……这可是……谁知道！"老蔡笑了笑说："你们争地，连地有多少还不清楚，你们争什么呢？"大家都傻笑开了。

黑老蔡也忍不住好笑，他进一步问："你们这是农民跟地主算账呢，还是农民跟农民斗争呢？"大伙儿不好意思地耷拉下脑袋，说："可不是！错就错在这上面啦！""嗨，申耀宗的地多哩！怎么七闹八闹就不够种了呢？"人们说："还不是他把地倒来倒去，一会儿租给这个，一会儿租给那个，倒了个乱七八糟，弄得咱们摸不清啦！"

魏大猛跳起来说："坏了！这事儿咱们上当了！都是我的过！要这40亩地是我开的头，我可是听申耀宗说的，这不是给他耍猴儿啦？"【阅读能力点：知错就改，敢于承认自己的错误，表现了魏大猛淳朴的一面。】大家都觉得，真是上当了。小梅红着脸说："都怨我不好，那天就不该吃他的饭！人家把好话一糊弄，咱们就给迷糊住啦！"

大伙儿想一想，算一算，申耀宗顶少有两顷地呢，他隐瞒住好几十亩，准想暗地租出去，多收租子。要是把这些地马上租出来，就没个不够种的，再把刮走的粮食一退回，人们就不会再挨饿了啊！

代表们心里一透亮，谁都笑开了脸。

大水、小梅问老蔡还有什么话，老蔡嘱咐说："你们一块儿去很好，人多力量大。可是得随时注意：咱们对地主有斗争的一面，也有团结的一面。不斗争，不改善人民生活，就根本不能打败日本；不团

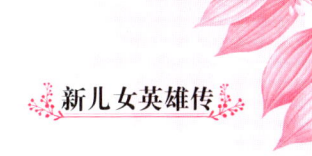

结，不讲统一战线，也不能发挥更多的力量。毛主席说的，斗争是为了团结，团结是为了抗日。咱们不要右了，可也不要过左。大伙儿好好儿掌握住吧！"

代表们说："对对对，咱们跟申耀宗讲理去！"大水、小梅领头，一伙人兴冲冲地走了。

第十六回 爱和仇

名师导读

"三八"节到了,大水与小梅结婚了。何世雄与张金龙商量着要在县区里建立下层组织,刺杀党员干部。于是,张金龙找上了小小子。小小子会成为内奸吗?

减租胜利,转眼又是春天了。黑老蔡抽空把大水小梅的婚姻问题在县委会上提出来,同志们全体赞成,说他俩早该结婚了。这时候,牛大水在原来的区上当区委书记,杨小梅已经调到县妇联会工作。黑老蔡找他俩谈好了,决定"三八"节结婚。县委、区委都拿出了一些钱,帮助他们筹备起来。

"三八"节到了。他们怕老百姓花钱、送礼,没有把结婚的消息传出去。白天,大家忙了一气工作,后半晌,县上的男女同志们送小梅到区上来了。区小队长高屯儿和几个队员正在忙着打扫收拾。焦区长身上围了一块布,从伙房里出来,笑嘻嘻地说:"你们都来啦!今儿个他俩结婚,是我的掌勺,你们瞧瞧我的把式吧。"陈大姐笑着说:"区长亲自动手,还有个错儿呀?"田英忙着问:"新房布置了没有?"秀女儿在西屋喊:"新房在这儿呢!"

大家走进去,看见区妇会的三位同志,正在布置,忙了个手脚不闲。窗户纸都换了新的,还贴了红的剪花。炕上,是大红布面的新被子，白被单儿，都是县委、区委给发的。秀女儿站在炕对面的桌子上，正在往墙上贴画儿，是粮秣主任谷子春画的红花绿叶"并蒂莲"。【阅读能力点：对新房的环境描写，烘托了热闹、喜庆的气氛。】

区干部忙着开饭，县上的同志也动手帮忙。在北边的大屋子里，用三张方桌并成一溜，旁边放了两条长板凳。区长他们把菜端来，两头都放了一大盆肉、一大盆鱼，还配搭两碟子凉菜——一碟子是粉条豆腐白菜、一碟子是白菜豆腐粉条。大伙儿坐的坐，站的站，吃着大米干饭，就着菜，有说有笑的，吃了个欢。

天黑下来了。老乡们消息挺灵通，虽然瞒着也都知道了。来的人真不少，有些外村的也赶来参加了。大屋子里挤不下，连院里都站满了人，可热闹啦。【阅读能力点：来的人多、场面的热闹，都说明了大水和小梅的人缘好，得人心。】

牛大水、杨小梅结婚的消息，传到镇上张金龙耳朵里了。张金龙咬牙切齿地对郭三麻子说："牛大水这个坏种，我早就知道他没安好心眼儿！咱们瞧吧，早晚得叫他俩死在我手里！"

有人来找张金龙，说："大队长请你马上过去。"张金龙来到天主堂，在大岗楼后面的洋房里，见到何世雄。龟板司令刚走。何世雄把日本人的计划跟张金龙谈了，又说最近张荫梧那边也有信来，要组织"国民党先遣军"，打进"匪区"，建立下层组织，暗杀干部，准备"收复失地"。【阅读能力点：借何世雄之口交代共产党即将迎来的新考验。】何世雄脸上的横肉一动，笑着说："日本人很信任我们，干这差事，每一个人一天就有一万块钱的活动费，张荫梧那边的

还不在内。你好好儿干吧！"

说着，掏出一叠联合票，叫他先拿去花。这可正对张金龙的心眼儿。他拍着胸脯说："这事交给我没错儿！往后你瞧吧！"

隔了不久，发生了一件事。

区小队队员小小子没钱买烟卷儿，他偷了老百姓一只鸡，拿到集上去卖，给高屯儿发现了。高屯儿一时起火，打了他一巴掌，逼着他送回鸡，还给老百姓道了歉。小小子气不过，又不敢说什么，过了几天，就装病回家。他想弄几个钱，借了个小船到淀里去罩鱼，不想正遇上张金龙。

张金龙问他为什么不在小队上，要回家来治鱼。小小子不敢隐瞒，只好照实说了。张金龙给了小小子一些钱，他们划着船走了。

一连三天，小小子不敢出门。这天晚上，张金龙带了个人，突然来找小小子。小小子知道他黄鼠狼给鸡拜年——没安好心，可又不能不接待他，张金龙跟他说了几句家常话，就悄悄儿告诉他说，八路军长不了，日本兵和警备队快要来"扫荡"了，还要在这村修岗楼，杀抗日干部和区小队的队员。小小子信以为真，害怕地说："那怎么办？"张金龙笑着说："你别害怕！旁人逃不了，你不碍，只要你常跟我联系着点儿，我给你保上险！"他给小小子留下几盒烟，就走了。

第二天晚上，张金龙又来了，说："小小子，你别受这个穷罪啦！咱们组织上一拨人，劫个道儿，干个什么的，还可以瞅空子打干部，扩充些枪，在日本人那儿得功领赏。你说好不好？"小小子说："我……我琢磨琢磨吧。"临走，张金龙说："老弟，不是我同你的交情，说不到这儿。你想想吧，这里面的好处可多呢。可是有一桩，你要暴露了我，你一家子大大小小别想活着！"【阅读能力点：张金龙先是拿好处诱惑小小子，然后再以家人的性命威胁小小子，逼迫小小子为他做事，其心险恶。】他走了以后，小小子盘算来，盘算去，又不敢干，又不敢暴露。

第四次，张金龙找小小子，问："你决定了没有？去不去？"小小子跟他沾染上了，没办法，只好说："你们先组织吧，差不多了我就去。"张金龙可攒住不撒手、叮住不松嘴了。他立时给小小子任务，叫他发展人。小小子答应慢慢儿瞅目标。

过了两天，张金龙又来找小小子。他刚喝了酒，两只眼睛都喝红了。他问小小子："你发展的人怎么样了？"小小子说："我还没找到对眼儿的呢，怕说不好，坏了事儿！"张金龙瞪着眼睛说："你真不中用！哼，看你就不是个人种子！算了算了，你以后再找吧。咱们明天就要动手了！"小小子胆怯地问："咱们怎么弄呢？"张金龙脸拉得更长了，那一股杀气很瘆人。他压低一条眉毛，凶狠狠地说："嘿！这一回咱们什么都准备好了，就要砸他区公所，打死高屯儿，活捉牛大水，把那些王八蛋一网打尽……小小子，明晚上你一块儿去，咱们拾掇他个痛快！"

小小子听得心惊肉跳，装着没事儿似的说："哎呀，我的枪也没带回来，空着手也能去呀？"张金龙说："来，给你两颗手榴弹！"他随手掏出两个日本造的手榴弹，给了小小子。小小子问："怎么个干法呢？咱们的人都有些谁？"张金龙酒醉心不醉，狡猾地说："旁的你不用管，只等明天夜里，看三星正南了，你就在黄花村村东，水

坑边的大柳树底下等着,到时候就会有人来叫你。他和你以拍三声巴掌为号,你就跟着他来集合。"又说:"小小子,我这个人你也知道,你要好好儿干,事情成了,自有你的好处;你要坏了我的事儿,可别怨我手黑!"说着,丢下几张票子,匆匆忙忙地去了。

　　小小子一夜没睡着,心里上上下下,堵着一块疙瘩。早起饭也没吃,只是躺在炕上,脑瓜儿直发烧。【阅读能力点:小小子不想做坏事,又害怕张金龙的威胁,心里忐忑不安,因此病倒了。】晌午,大水、高屯儿来看他,手里拿着挂面、鸡子儿。大水瞧见小小子脸色很不好看,挺关心地问:"小小子,你的病好了没有?我看你这几天瘦多啦!"高屯儿一把抓住小小子的手,难过地说:"唉,小小子,我这个人就是炮仗脾气,一时火上来了,由不得自己,过后又买后悔药!大水他们批评我,我承认我打你不对,你可别放在心上!"

　　小小子听了,眼泪直流,说:"队长,你别那么说了,都是我不好!我心里知道……我……我实在对不起你们啊!"小小子心里有病,说到这儿,喉咙里哽得说不下去,更大声地哭起来了。哭得大水、高屯儿心里怪难受,忙安慰他说:"谁也有缺点,只要改过来就好啦。你好好儿养病,等身体养结实了,再去工作。"又说:"你有什么困难,你就说,咱们一定想办法帮助。同志们挺关心你,都想来看你呢!"小小子说没困难。他俩又安慰一阵,就站起来说:"今晚上还要开会,过两天再来看你吧。"又叮咛了几句,他俩就走出去了。

　　小小子心里热辣辣的,想想这些好人,眼看着就要遭毒手了,他们可还蒙在鼓里呢,怎么能不说给他们呀?他一时血往上涌,什么也顾不得了，猛地从炕上跳下，光着脚追到大门口，拉他们回来。【阅读能力点："猛地""光着脚"形象贴切地表现了小小子急切地想要告诉大水、高屯儿真相的心情。】大水、高屯儿很奇怪，问他是什么事。他又是害怕，又是着急，哭着把什么事儿都说了。

大水、高屯儿回到区上，和焦区长暗暗商量。他们想叫小小子跟着那个特务去集合，咱们的人远远地瞄着，只要知道他们集合的地点，就可以去抓。可是怕他们一集合就动作，来不及包围；又怕跟着的时候给特务发觉。最后就决定先抓住那个特务，再盘问集合的地点。

小小子偷偷地到区公所来了。大水、高屯儿把计划告诉他，他吓得发抖，不敢去。他们劝了一阵，又给想了个办法，小小子才勉强答应了。

三星正南的时候，区小队早准备好，等着信儿。小小子在坑边柳树底下蹲着。一会儿，一个人影探头探脑地来了，轻轻拍了三下巴掌。小小子站起来，也拍了三下。那人提着盒子枪走过来，问："你是小小子？"小小子说："是。往哪儿去呀？"那人说："你跟我走吧。"

大水、高屯儿猛地跳出来，用枪指着他们两个，说："别嚷！嚷就打死你！快放下枪！"那个特务说："好，给你枪！"他把胳膊一甩，朝这边打了一枪，转身就跑。

大水、高屯儿跟屁股就追，眼看着那特务往麦子地奔，快要抓不住了，急得他俩忙开枪。那家伙中了三枪，死在麦地边上了。

大水、高屯儿和区小队到处搜索，可是张金龙那一伙土匪，听到枪声，早吓跑了。

第十七回 鱼漏网了

名师导读

  黑老蔡决定拿下市镇，大部队攻进城里，势如破竹，何狗皮也被炸死了。只有何世雄、张金龙带领一部分人装扮成游击队逃脱了。

  小梅和大水一结婚，就怀了孩子。小梅怀着孩子，照常下乡工作。到第二年春天，身子就很沉了。上级又布置大生产，她还是很积极，叫她休息她也不休息。天天这村跑那村，开生产会议，还到处串门子，帮助老百姓订家庭生产计划。

  这一天，她刚开会回来，怪累得慌。一进屋，就发作了。她一下子出溜到地上，肚子疼得直淌汗。一会儿，孩子生下来了，是个小子。

  晚上，大水得了信儿，骑个车子，到小梅这儿来。两个人给孩子起了个名儿，叫小胖。大水抱着小胖，左看右看，爱得不行。可是他工作很忙，小梅催他走，说这儿有婶子大娘们照顾，不用牵挂。第二天一早，大水就匆匆忙忙地走了。

  这一年，毛主席又发出指示："扩大解放区，缩小敌占区。"咱们分区的部队发动春季攻势，又收复了好些地区。

  五月底，黑老蔡到分区开会回来，传达上级的决定，说这一回要坚决拿下市镇，县、区武装配合大部队，一块打。同志们听了，都喜

得跳起来,准备配合战斗。【阅读能力点:黑老蔡向同志们传达新的任务,引出下文的情节发展。】

这时候,镇上的鬼子大部分撤到城里去了,剩下的鬼子和一小队伪军一同住在南门大街的"司令部"里。另有一个伪军警备大队,大队长就是何世雄,张金龙跟着他。大队部和郭三麻子的第一中队,都在天主堂驻扎,天主堂前面,有两个大岗楼。第二中队,一部分姓董的带着,住在东街王家花园岗楼里;一部分何狗皮带着,住在西门大街的岗楼里。第三中队在城上守备,四周围城墙上八个小岗楼,岗楼之间还有小哨位,戒备得很严密。

那儿北门南门外面都有浸堤水,不好进。咱们分区的部队准备打开东门,扫清东北两面城墙上的岗楼,接着解决王家花园和天主堂的敌人。县大队准备打"司令部"。大水、高屯儿这个区小队拿西门大街的岗楼。别的区小队分头扫清西南城墙上的敌人。还调来了另外两个县大队,警戒保定和城里敌人的增援部队。【阅读能力点:简要说明部队攻打城里的计划。】

这天晚上,黑老蔡领着这个县的县大队和几个区小队,悄悄密密地到了指定的地点斜柳村。黑老蔡带着一个老铁匠来找大水、高屯儿,说:"东门外只有一道堤通城关,两边都是水,堤上施展不开,在水里非挨揍不行,最好不硬攻。分区司令部给咱们一个任务,要咱们派人突进城里去,把东面的城门开开。这位老人家是我以前的师傅,是镇上的,开锁他有办法。你们赶快派一位同志,要机警勇敢的,跟他一块儿去。这是个危险的工作,任务可太重要了,你们看谁去合适?"大水说:"我去行不行?"高屯儿抢着说:"我去吧。"

黑老蔡笑着说："你们两个带队的还是不要去。"大水提出来叫他兄弟小水去，高屯儿一拍腿，说："着哇！这孩子挺机灵，胆子也大，就他去合适！"忙把小水叫来，跟他谈。小水高兴地说："行喽，行喽！咱们多会儿走？"

黑老蔡说："给你们一个夜光表，今天晚上正12点你们把城门开开，东门外大部队用机枪接应你们。"

老师傅和牛小水绕到镇西北角，濠里的水很深，两个人浮过去，到了城墙跟前。城墙一丈多高。一段有一个棱棱。老师傅手扒着，脚蹬着，一层层爬上去。

下了城墙，就是一大片荷叶坑。他俩转着坑边，绕到东面去，不走大街，单抄小胡同，到了老师傅的家。

等到11点钟，老师傅拿上通火的铁条，又找了几块破布。小水问他："带这干吗？"老师傅笑着说："开城就指着这玩意儿呢！"

【阅读能力点：设置悬念，激发读者的好奇心，增强阅读兴趣。】两个人就出发了。

到了东大街街头，他俩贴着小胡同的墙根，探出头去望。天很黑，隐隐约约地看见斜对面一家酱园的门前，有三个带枪的人，叽叽喳喳地不知道在商量些什么。只听见有一个人说："准睡着了！"那两个就翻墙进去，一个人在门口守着。

小水蹑手蹑脚地绕到西边的小胡同口，隐着身子，朝那人扔了一块小砖头。那人四面望了望，觉得很奇怪。小水又扔了一块，那家伙生气地问："谁？"小水说："你们干的好事！"说完，又扔了一块砖，转身就跑。伪军骂着，提着枪追进胡同。老铁匠就趁这个机会闪进城门洞了。

谁知道给那三个坏蛋一耽误，12点钟过了！外面的大部队以为开不了城门，五挺机枪一齐朝城楼上打。城门上的机关枪马上也响了起来。敌人都出动了，城门上的，街上的，都往东城上跑。老铁匠进退两难，急得要命。他咬着牙，沉住气，忙把铁条垫好布，插进大锁里，往上使巧劲儿用力一撬，大铁锁当啷一声开了！

老铁匠不顾死活地拉开城门，大声喊："开喽，开喽！"这下敌人发现了，兜屁股枪从后面打过来，城上的手榴弹也往下面扔，对面的机关枪还一股劲儿吼着。老铁匠只好就地一滚，朝南沿城根骨碌碌滚了一丈多远，蹦起来就跳到河里去了。

城外的大部队看见城门开了，可高兴得厉害。步枪、机关枪和好些个掷弹筒打了个猛，一下就把敌人的火力压下去了。一个连长跳出来，盒子枪一指："快上！"一连人就往城里冲。有几个倒下了，连长也挂了花，他爬起来喊："同志们冲呀！"战士们喊着："冲啊！杀！"一个连哗地就冲进城去了。

后面的部队也呼呼呼地往城里跑。城楼上的敌人纷纷乱逃。大部队占了东城，巩固阵地，一面往街上打，一面往城墙两边扩张。天明，把东城北城的敌人都扫清了。

上午8点钟开始总攻。四面都响开了枪声。王家花园的岗楼，也给团团围住，打得敌人抬不起头来。这边就喊话，喊了一阵，岗楼上喊："我们缴枪！"伪军们空着手，一个跟着一个地走出来，后边的扛着一捆一捆的枪，姓董的队长走在最后面，也投了降，一伙人都被送到司令部去了。

这当儿，县大队已经把"司令部"的敌人压缩到院子里，四面房上都压了顶，手榴弹噼里啪啦地往下扔，烟土冲天，地都熏黑了。【阅读能力点："烟土冲天""地都熏黑了"生动地描绘出战斗的激烈程度。】鬼子和伪军冲了几次没冲出去，院子里横七竖八地倒了一地。剩下一小部分躲在屋里不敢出来了。

县大队在房顶上又喊话，里面的伪军也不言语，砸破玻璃窗，把大枪都扔出来了。黑老蔡一伙踹开门进去，伪军和鬼子立刻投降了。

南边西边城墙上的敌人，也都缴枪了。西门大街岗楼上何狗皮那一部分，可是很顽固。分区司令部因为区小队人不多，也没机枪，叫他们不要硬拿，主要威胁喊话。

大水、高屯儿他们在岗楼附近，牛小水也找来了。他们离岗楼200米远，趴在民房后面。先是大水、高屯儿两个轮流喊："喂，伪军同胞们！现在城已经全占啦，你们还不缴枪？为什么给日本鬼子卖命呀？"你喊我提着，我喊你提着，怕忘了。

喊了半天，两个大喇叭嗓子全成哑嗓子了。可是岗楼上应也不应。队员们说："不行，打他兔崽子！"一阵排子枪打过去，岗楼上也往这边打。打了一阵，这边又喊："都是中国人，别打喽！咱们优待俘虏，快缴枪吧！"楼上就有人喊："你们不是要枪啊？"这边忙喊："要啊。你们快缴吧！"楼上喊："要枪你们上来拿吧！"气得队员们又打。

何狗皮很顽固。分区司令部派来一个爆炸组，三十多人，用面口袋装的黑色炸药，足有五百多斤，抬得来了。带来的命令是叫区小队配合爆炸组，一块儿掏洞、炸岗楼。

大水他们忙找来铁镐、铁锹和砸冰用的"凌枪"，几十人一齐动手从房里掏起。怕掏斜了，爆炸组长在房上沙土包后面望方向，一会儿扔一颗手榴弹，越扔越远，下面挖洞的人们顺着地皮的震动，一路掏过去。里面点着灯。一筐一筐的土往外运。掏了老半天，才掏了个二尺半见方的坑道，一直通过壕沟，掏到岗楼的下面。

　　他们又找了个躺柜抬进去，一口袋一口袋的炸药往里装。装了满满一躺柜。长长的药线安好了，大家就跑出来喊话："伪军同胞们，你们赶快下来吧，炸药已经装好了，不下来你们就要跳舞啦！"何狗皮估计炸不成，耀武扬威地喊："跳就跳吧。瞧瞧你们炸得怎么样！"

　　太阳只剩下一树高了，他们还不投降。这边点着药线，忙跑出来。大水用广播筒子高声喊："伪军同胞，你们快下来吧！火捻已经点着了，再不下来就炸啦！"

　　有两个伪军急得要往下跑，何狗皮用枪逼着他们说："别跑！他们炸不着咱们，八路军有屁用，净是耍手段，吓唬人！"

　　伪军都不敢跑。没有鼻子的何狗皮，嗡着声音，还得意扬扬地朝这边喊："你们这些穷八路不中用，眼看就完蛋啦，阎王爷来摸你们的鼻子啦！"一句话没说完，楼底下那一躺柜炸药闷雷似的响了，岗楼呼地轰起半天高，破砖烂瓦木头片儿，四处乱飞，附近民房的窗纸全震破了。【写作借鉴点：作者运用比喻、夸张的手法，写出了炸药爆炸时的巨大威力，形象生动。】何狗皮早炸得没影儿了。

　　各处战斗都很顺利，只剩下天主堂的两个大岗楼还没拿下。从城里来的援兵给咱们打回去了。区小队接到司令部的命令，暂时撤到城

外去休息。大水叫高屯儿领着队伍走了。他自己带着手枪组，配合大部队拿大岗楼，心里挺兴奋：这一回，四面都包围起来了。何世雄、张金龙这一伙坏蛋可怎么也逃不了啦！

天黑了。司令部下命令今晚上一定要打下这两个大岗楼。霎时间，好些个房顶上，机枪、步枪、掷弹筒一齐射击开了。岗楼上也朝这边打。岗楼的一个枪眼四周，密密麻麻地打了许多小窟窿，枪眼里不断倒下人。可是何世雄咬着牙，不叫投降。

郭三麻子眼看顶不住了，到天主堂的洋房里，跟何世雄商量。两个人密谈了一阵，又传下命令，说城里来了电报，只要支持到天明，救兵就可以来了。谁要作战不力，就地枪决！战斗又激烈地继续下去。

咱们司令部派一部分队伍，在岗楼对面的墙上挖了窟窿，又从救火会找来大筒，弄了两大桶汽油。筒吸饱汽油，喷射到岗楼上去，掷弹筒配合着打。一打过去，火就着了。西边的岗楼先着起来，火焰直冲到天上，岗楼旁边和天主堂后面的民房都点着了，四下里照得通亮。东边的岗楼也着火了。【阅读能力点：战斗场面刻画得详细生动、精彩纷呈，扣人心弦。】

这时候西北角上黑云涌过来，又是风，又是雨，夹着挺大的雹子。司令部下命令停会儿再打。战士们淋着雨，都进了屋里。

大水和手枪组一伙，恨不得一下把何世雄、张金龙这些人捉住。他们开了个小会，估计敌人活着的不多了，打算找个地方摸进去，有这么十几支手枪，敌人就跑不了。大水跟司令部接头，司令部刚好派一个排要去搜索，就叫他们一块儿去。

雨还唰唰唰地下着，一伙人弄了个梯子，从东北角翻墙进去。到了天主堂的第二道后门，一点儿动静也没有。他们想，是不是有地堡呢？摸进天主堂的前院，大水一下给个什么绊倒了。一摸，是个机枪身。

进了天主堂的洋房子，有的打亮手电，有的点着牙刷把子，四下里照。那何世雄的屋里，空洞洞的，没有一个人。墙上挂的大袋子，里面没有一颗子弹，手枪套子也是空的。地上有一大堆烧了的纸灰。哪一个屋里东西都乱七八糟，没有一个人影。

何世雄、郭三麻子、张金龙，带了二十多人，早就准备要逃跑，一下雹子，他们趁这机会，挖墙窟窿钻出来，蹚水过了荷叶坑，张金龙光脚上了城墙，用绳子把他们一个个拉上去。大家又吊着绳子，一个个滑溜下去。一伙人探头探脑地摸到河边。河对岸，高屯儿早奉了司令部的命令，派了一部分队员，正把守着，防备零星的敌人逃跑。

何世雄在黑暗里望见一伙人影，拿着枪，忙解下皮带，一面打他的小老婆，一面骂："你这个汉奸老婆！抓住了还不走？"队员马胆小拉着枪栓喝问："口令！"何世雄说："什么口令！我们是分区司令部的，抓住了何世雄的小老婆，我们全淋湿了，挺冷，还不拿船摆过我们！"

马胆小他们真以为是司令部的，马上过去三只船。何世雄拉着小老婆，骂："你这臭娘们儿，还死赖着不走啊？"一推就把她推倒在船里。一伙人上了船，划过来。

船摆到这边，一伙人都上了堤。何世雄说："我们到小李庄，你们给引个路！"他们带着咱们的四个队员就走。后边的伪军，瞧见堤

上有个窝铺，就钻到窝棚里抢被子。还把里面老乡的棉衣扒了。老乡心里觉得不对劲，暗暗拉拉队员王圈儿，小声说："这可不像咱们的人啊！哪有这样的八路军？"【阅读能力点：通过老乡的语言描写，将八路军的行为与伪军的举动进行对比，从侧面表明了八路军纪律严明，不拿群众的一针一线。】

王圈儿忙抢上去，把掉队的一个伪军抓住，用枪堵住他的胸口，悄悄说："别喊！你们到底干什么的？"那人说："我把大枪给了你吧，头里何世雄过去了。"王圈儿一听，急得不行，这儿只剩他一个了，他不敢去追，只好叫老乡们看着俘虏，自己提着大枪，飞奔回去报信。

王圈儿跑来报告：何世雄一伙从堤上逃跑了，还抓去了咱们四个队员。大水、高屯儿急忙集合人，找了三只船、三十多人，一齐去追。划船的老乡们听说何世雄逃跑，拼命地打棹，船沿着堤直窜。【阅读能力点："拼命""直窜"表现了老乡们想要急切地抓到何世雄的心情。】

马胆小跟那些人在堤上走，觉得方向不对，越走心里越疑惑。一回头，发现背后有人拿枪指着他。他想："坏了！不用说就是汉奸队。妈的！怎么我们就这么糊涂，还用船摆过他们来？我们都瞎了眼啦！"想到这儿，他难受得差点儿哭出来了。

月亮上来了。十八九的月亮照得挺明快。三只快船追了一阵，一伙人就上了堤。两头一望，都没有人。前面一百多弓远有个房子，是涨水的时候看堤人住的。跑过去一看，也没有人。

这一带，堤外边一箭远是干地，长满了密密丛丛的苇子，再往外就是水。堤里边净是水。牛大水一看这地形，就和高屯儿商量说："咱们这么着不行！要是敌人藏在苇地里，打咱们的伏击，准挨揍。这么着吧，咱们沿堤的里坡走，搜索前进。"【阅读能力点：牛大水思虑周全，避免了可能会遇到的袭击。】高屯儿马上派出三个尖兵在前面侦察，一伙人在后面跟着，沿堤的里坡跑过去。

跑了不远，突然前面问口令。头里三个人赶快往堤坡一爬，一个排子枪就打过来了。后面队员们都想趴下，高屯儿喝着："趴什么！赶快跑！"大伙儿弯下腰，唰地一下沿堤里坡跑过去，就跟堤外坡的敌人平行了，两方面隔着堤打起来，可是打了半天，谁也打不着谁。

大水心里琢磨："可惜来得忙，没拿手榴弹，这样打，打一夜也没有办法。"就和高屯儿商量，由高屯儿带一个班，往前跑半里地，搜索过堤，再往回包抄他，两方面一块儿打。高屯儿拉上一个班就跑去了。

高屯儿心里着急，只跑了二三百号，就过了堤，离敌人几十号就打上了。趁一股乱劲儿，大水他们哗地越过堤，一下把敌人都按住了。夺下武器。大家兴奋得要命，忙用绑腿布把那些家伙一个个捆起来。

马胆小三个，带的枪早给敌人缴了，手反绑着，都带了伤。一见自己人，马胆小哭着跺脚说："唉，唉，刚才到了朱家口，那儿有几只船。何世雄这个王八蛋，叫这一伙子从堤上跑，他带着小老婆和郭三麻子、张金龙七个人坐船逃了！"

第十八回 冤家路窄

名师导读

小梅利用李兰女说服了崔骨碌，并计划要抓住张金龙。谁知，崔骨碌喝酒误事，引起了张金龙的怀疑。张金龙反过来抓住了小梅等人。

何世雄、张金龙一伙人，逃到城里去了。

大热天，杨小梅自告奋勇，到城关去开展工作。她先听说，那儿岗楼上，伪队长是郭三麻子，手下有个班长就是崔骨碌，他两个"靠着"一个女人。那女人名叫李兰女，娘家是黄花村的，当闺女的时候参加过妇救会，小梅认识她，就想利用她的关系，进行工作。她又听说，张金龙也常到郭三麻子那儿去，心里想，最好把这家伙也弄住。

当时县上的同志，因为小梅过去开辟地区很有办法，也就同意她去了，只是一再嘱咐她小心。小梅对这工作，可挺有信心。孩子小胖五个月了，还吃奶，就带在身边。黄昏时分，她把小手枪藏在身上，穿着肥肥大大的花褂子，下面是宽腿儿蓝裤子，土里土气的，装着串亲戚的老百姓，抱了小胖，由一个熟人领路，混到城关附近，就住在陈大姐的母亲陈大娘家里。

抗属陈大娘是个热心肠的人，对革命挺有认识。她和李兰女又是亲戚。晚上，她就把兰女叫来了。

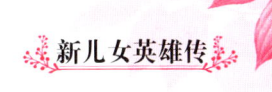

李兰女一见杨小梅，就愣住了，脱口说："我奶！这不是我们主任啊！怎么你到这儿来了呀？"小梅笑着，拉她坐在炕上，给她讲了抗日的道理，兰女从心里愿意帮助小梅。

小梅问了问崔骨碌和郭三麻子的情形，就给兰女出了个主意，要李兰女动员崔骨碌反正。

这天后晌，崔骨碌溜到李兰女家来玩。他走进兰女屋里。兰女脸朝里躺在炕上，一动也不动。崔骨碌推她，她也不言语。急得崔骨碌抓耳搔腮地说："我哪儿得罪你啦？你这么不搭理我！"

兰女说："要依着我，你跟八路军接个头儿，把三麻子打死，投到那边去，也不枉你是个中国人。咱们俩也可做长远夫妻了。你要不敢下手，你就永远别登我的门槛！我死活不与你相干，咱俩就从这会儿分手！"崔骨碌着急地说："你别那么着！我早就盘算日本人这碗饭吃不长了。可是，咱们往哪儿找这个线头呢？"兰女紧盯着他说："那倒好说，你到底是真心实意还是哄我呢？你起个誓！"崔骨碌跺脚说："怎么你这个人！上有天，下有地，中间有良心。我要是三心二意，叫我挨枪子儿！"

两个人商量好了，李兰女就引崔骨碌来见杨小梅。崔骨碌满脸惭愧，垂着头说："杨同志，我这几年做了丢人的事，自个儿也觉得怪没脸见你们的。要是八路军能宽大我，我还愿意回到咱们这边来。"

杨小梅说："你投降敌人干坏事儿，罪恶可不小。不过，你要是回心改过，以后给抗日多出些力，八路军还愿意挽救你。"接着，又把抗战胜利的形势说给他听。

崔骨碌听了，摇头晃脑地说："八路军的世事越闹越旺，比早先

我在的工夫可厉害多啦！我就看出来当汉奸不是人干的，这会儿连饭也吃不饱，穿着这么一身破烂衣裳，两年也不换了。郭三麻子这个狗杂种，把人踩在脚底下，我恨不得咬死他。只要八路军给我助劲儿，不是我吹牛，要怎么都能办到！"

小梅问明白了岗楼上的情形，就教他先在下面联络人，准备得差不多了，再约定时间动手，八路军派队伍来接应。小梅又安顿给崔骨碌："听说张金龙常到你们这儿来，要是有机会，把这个铁杆汉奸一块儿抓住，那就更好了。反正看着鱼下罩，你瞧着办吧！"

有一天，崔骨碌受了张金龙的气，憋了一肚子火，又喝多了酒，由不得气愤地嘟囔："好厉害，我惹你不起！早晚有人来拾掇你等着吧，脑袋晃不了几天啦！"

谁想到崔骨碌这几句话，给里间屋张金龙听见了。【阅读能力点："谁想到"表示转折，暗示计划可能会失败。】他一琢磨，觉得话里有话，忙暗暗地跟到前院，站在崔骨碌窗外偷听。听见崔骨碌对赵班长说："我可等不及了，明天一早，我就商量这个事儿去。他妈的，非崩了这个兔崽子，解不了我的恨！"赵班长故意用扇子噼噼啪啪打蚊子，一面小声说："你少说两句吧！叫人听见可不是闹着玩儿的。"崔骨碌不言语了，哼呀嘿地直发气。张金龙听见屋里有人出来，急忙走了。

半夜里，崔骨碌和赵班长正睡得香，突然来了几个人把他俩捆起来，带到后院。张金龙、郭三麻子先把赵班长叫来过堂。赵班长什么也不承认。张金龙起了火，马上把他吊起来。

又审崔骨碌。崔骨碌知道事儿发作了，吓得浑身筛糠似的发抖，两只眼睛直鼓鼓的,说:"我什么也不知道!我……我……喝醉了酒,谁知道我说了些什么呀?"郭三麻子气呼呼地掏出枪来说:"这王八羔子不吃好粮食,我立时崩了你!"说着就哗啦一声,顶上子儿。

崔骨碌就把来踪去迹,实打实地全招了。

天刚亮。郭三麻子带了一部分人,去抓李兰女。张金龙带了一部分人,来抓杨小梅。

他们把陈大娘家紧紧包围了,就敲门。大娘才起来。小梅正坐在炕上,给孩子喂奶呢。

这次小梅来开展工作,扎根没扎好,她太相信崔骨碌这号人了,就住在陈大娘家里,也没换地点,实在太大意了。她自个儿觉得工作挺顺利,就没警惕。【阅读能力点:客观地分析了小梅计划失败的原因。】当时大娘听见叫门,说:"我去瞧瞧是谁。"她去一开大门,一伙人就涌了进来。

小梅从窗眼里瞧见张金龙,吓了一跳,知道坏了事儿,急忙丢下孩子,从枕头下抽出她的小手枪,光脚跳下炕,闪在门后面。张金龙提着盒子枪冲进来,小梅咬着牙,对准他后脑瓜就打了一枪,没想到子弹"臭"了,没有过火。张金龙转身就夺她的枪,小梅死抓着不放,张金龙使劲夺,小梅低下头去一口咬着张金龙的手指头,张金龙痛不过,用力一拧,右手食指就断了。可是后面几个伪军冲上来,把小梅捉住了。

张金龙痛得甩着手,拧着眉毛,愤恨地瞪着小梅,忽然一转身,用左手扳起一块炕沿砖,举起手,一下就把小梅打昏过去了。【阅读

143

能力点：作者运用一连串的动词，将张金龙凶狠的样子形象地描绘出来，充满画面感。】

这当儿，孩子小胖在炕上哇哇地哭，张金龙咬牙切齿地骂："挑死你这小杂种！"他一手提起小胖，摔在地上，就向身边的一个伪军要刺刀，那伪军说："这么点儿大的孩子懂什么事，算了吧！"

陈大娘哭着冲进来，抱起小胖，小胖早哭得没声儿了。张金龙指着陈大娘说："这个老家伙也不是好东西，都给我带走！"两个伪军架着小梅，连陈大娘带小胖，一块儿押出门去。

后面郭三麻子派人把赵班长、李兰女也一块儿押送来了。

第十九回 大反攻

名师导读

日本宣布投降后,全国各地还有不少残余的顽固分子。黑老蔡根据上级命令发动反攻,扫清县里的敌对势力。

杨小梅被捕以后,不多久,日本就宣布投降了。【阅读能力点:过渡,承接上一回的内容,表明事情的发展顺序,引出下文。】消息传来,多么叫人喜欢啊!

可是鬼子、汉奸照旧盘踞在我们的城市和据点里,不肯缴枪。这个县的各区主要干部,都到县上去开会。县委书记黑老蔡说,敌人不投降,就消灭他!咱们朱总司令已经下命令,发动全面大反攻,各路大军都出动了。咱们地方上的县大队和区小队都得调出去,改编成正规军,跟主力去打大城市。各村的民兵赶快组织民兵连,由党员和支部委员起带头作用,区长、区委书记领队,统一归县委指挥,马上发动攻势,把这儿的县城拿下来。

同志们接受了这个任务,一个个兴奋极了,都冒着大雨,连夜赶回区上去。牛大水结记着杨小梅,结记着小胖,想到要拿城,心里充满了希望。真的,抗战要胜利了,人才得全,事才得圆呀!

回到区上,他们召集区小队一传达,队员们都欢蹦乱跳地说:"好好好,抗战快到头了。咱们拼命干吧,日本鬼子马上就完蛋

啦！""嗨，小鬼子是露水见不得老太阳了！""哈哈，咱们升老八路啦！快准备走吧。"【写作借鉴点：通过详细的语言描写，表达队员们对抗日战争胜利的喜悦之情。】

队员们嘻嘻哈哈地忙着打背包。任务很急，谁都没顾上回家去看看，连马胆小都没有提这个岔。他高高兴兴地缠好子弹带，背起背包，拿上枪，笑着对旁人说："我可是正牌的八路军啦，谁再叫我马胆小，我敲他的脑瓜儿！"牛小水全副武装，挺精神地拍着马胆小说："这会儿你真不胆小了，往后就叫你马胆大吧。"

这区焦区长在部队上干过，上级指定他带领区小队到县上去集合。他们每个人都背着缴获来的三八大枪，连夜出发了。

这儿，高屯儿代理区长。大水跟他两个淋着雨，踩着泥，跑各村调集民兵。村里经过大减租、大生产，农民生活改善了，抗日情绪特别高，民兵也扩大了。许多新的积极分子，像魏大猛、柳喜儿这些人，还当上了民兵队长。大水、高屯儿到村里，找那些队长们一传达反攻的消息，他们都喜得合不拢嘴，马上把民兵动员起来。一夜的工夫就集合了一百五十多人，组织起民兵第一连。大水、高屯儿派魏大猛当一排长，柳喜儿当二排长，胡二牛当三排长。天还不明，第一连就向指定的地点出发了。

他们到了李公堤，就上船，绕到县城的西边，离城四里地的吴庄子。雨停了，日头老高，已经到了晌午时分。这里是敌占区，大水、高屯儿叫船都隐进苇塘里，自己先上岸去探听情况，找到从前打过交道的老林，然后把队伍带进村。

大水、高屯儿派好岗哨，老林把战士们安顿在老百姓家里歇息。

家家都把藏着的白面拿出来了,有的烙饼,有的擀面条。【阅读能力点:表明了人民群众对八路军的爱戴和拥护。】老百姓都说:"日也盼,夜也盼,好容易盼来八路军啦!"喜得战士们笑着说:"想不到敌占区的老百姓也是这么好,咱们要不卖力气干,可对不起老乡啊!"

吃罢饭,县上来了通知:调第一连到张庄。大水他们一连人忙坐船去了。县委的同志早在那儿等着呢。当下正式派定高屯儿为连长,牛大水为政治指导员兼副连长。又传达上级的命令,说今晚上各连都要动作起来,开始围困县城的外围据点。第一连的目标是白马村岗楼,争取楼上的伪军投降。

这天晚上,县城附近的岗楼,都给新组织起来的民兵连包围的包围,控制的控制了。白马村是一个重要的地点,离城七里地,从城里到保定,水路、旱路都经过这儿。【阅读能力点:说明白马村重要的战略位置,解释将它作为目标的原因。】这村四面都是水,只有一座大石桥通堤上的大路。大水、高屯儿把各路人马都安排妥当。全连人都用白手巾扎在左胳膊上,作为暗号。规定的口令是"反攻"。

天麻麻亮,大水他们偷偷地上岸来到白马村,他们都藏在民房里,对着岗楼,在墙上挖了许多枪眼。

高屯儿和牛大水、魏大猛绕到岗楼跟前的民房里。那后墙就在岗楼的外沟边,墙上有个小窗户。高屯儿跳上躺柜,闪在小窗户一边,扯着脖子大声喊:"怎么着?你们打枪吧!八路军不怕你们打,你们打吧!"

岗楼上答话了:"同志们,刚才我睡着了,班长叫弟兄们打枪我

不知道，你们原谅些吧！"大水一听这声音有点儿熟，一时又想不起是谁。原来答话的正是郭三麻子。最近他调在城里大队部，昨天他亲自到这儿来传达何世雄的命令，天黑了不敢回去，刚好给民兵包围在里面了。

郭三麻子这些年来，跟八路军斗过多少回，吃了不少亏，这回又给包围住了，心里早有些着慌。可是他很狡猾，表面上很客气。【阅读能力点：暗示说降郭三麻子的事可能不会顺利进行。】

楼上说："有什么话，同志们讲吧！"高屯儿就把准备好的一套端出来了："日本投降了，你们知道吧？早先你们当伪军，给日本人卖命，不准是本心愿意当汉奸，有的是为了生活，有的是给环境逼的，走到岔道儿上啦！现在日本都投降了，你们还有个什么靠头啊？咱们都是中国人，赶快下来缴枪吧！"

郭三麻子在垛口后面喊："日本投降，我们已经知道啦。我们就准备缴枪，可是何大队长有命令，枪不缴给你们，缴给蒋介石去。军人首先得服从，这事儿我们也没有办法！"平房里的民兵们听了，都气愤地喊："交给蒋介石！打他兔崽子！"

高屯儿忙说："别打别打！"又对岗楼上喊："你们为什么交给蒋介石？抗战八年，你们还没瞧见呀？谁在这儿流血牺牲，打日本来？'蒋该杀'逃到四川峨眉山，光知道发号施令。反共、打八路军，背地里还跟日本人拉拉扯扯的，这样的反动分子，你们还能把枪交给他？"

岗楼上不答话。高屯儿喊："怎么着啊？"郭三麻子说："同志们出来谈吧！"大水他们商量，不出去怕人瞧不起；要出去吧，出门就在楼跟前,他们要不怀好意,可刚好挨打啦。听见楼上又喊:"你们出来吧,我保证不打枪!"牛大水说:"你打枪怎么着?"郭三麻子说:"孙子王八蛋才打枪!"高屯儿喊:"你要打枪,往后我们专打你!"说着跑出门,站在岗楼对面,大水、魏大猛也忙跟着去了。

指导员牛大水就跟他们讲伪军的末路和共产党的宽大政策。讲的时候,伪军们一个个全趴在垛口上听呢。【阅读能力点:通过描写伪军们的反应,表明他们内心的动摇,为后文的情节作铺垫。】临了,高屯儿耐不住问:"怎么着?你们到底下来不下来?"郭三麻子打着官腔说:"好,让我想想,晚上再给你们答复吧。"牛大水说:"你们要下来就痛痛快快下来,别拖延时间!"

正在这时候,黑老蔡派妇救会的秀女儿、李小珠,带了一些伪军家属,来配合喊话,胡二牛打发人把她们送到大水这儿来了。

一时妇女们叫的叫,喊的喊,全都哭开了。楼上的伪军好些个掉眼泪。秀女儿挺着胸脯喊:"伪军同胞们,都是中国人,咱们八路军也不愿意你们白白送死。眼下就是两条路:一条活路,马上放下武器,跟你们爹娘媳妇一家子团圆;要不就走死路,死了还给子子孙孙留个臭名。你们好好儿想想吧!"

伪军们在上面一个个耷拉着脑袋,唉声叹气,有的蒙着脸哭。班长二黑子和几个伪军问郭三麻子:"队长,你说吧,咱们怎么着?"郭三麻子虽然坏,可是个怂包,一看这形势不妙,忙敷衍他们说:"你们别着急!我也是个中国人,还不好说?"又对楼下面喊:"你们别说了,一会儿我们商量商量吧。"大水他们喊:"你们快些吧?别耽搁啦!"伪军们三三五五,叽叽喳喳地商议。下面又一个劲儿地

催。郭三麻子看楼上楼下成了一个心，生怕自个儿孤立起来，吃眼前亏，就对楼下说："同志们，你们等一等！我们的人马上就去拾掇东西。"

忽然黄庄那边枪声响了，打得很激烈，是城里来接郭三麻子的部队和柳喜儿一排人打上了。郭三麻子变了脸，忙对他手下的战士说："你们先别拾掇！"又趴在垛口上喊："同志们，对不起你们！城里大队出来了，我们走不成，你们快撤吧！"【阅读能力点：这一处的语言、神态描写表现了郭三麻子左右摇摆、墙头草的性格特点。】

下面的民兵和妇女们一齐哄起来了，乱喊着："怎么走不成？""马上下来！""不下来还等什么？"郭三麻子缩进头去，叫着："不行不行！我可负不起这个责任！"话还没说完，一个人从背后抱住他，把他的枪夺了。那人正是二黑子。许多伪军喊着："二黑子干得好！""我们缴枪！"伪军们都倒提着枪，跑下来了。

黄庄那边的敌人中了柳喜儿的伏击，给打回城里去了。这儿，郭三麻子也乖乖儿地投了降。

这一天，一千多民兵把县城的外围据点全扫清了。傍黑儿，第一连接到县上的命令，进到大石庄，准备夜间去攻城。

牛大水、高屯儿带着民兵第一连，来到大石庄。大石庄的老百姓，用大鱼大肉慰劳第一连。

吃罢晚饭，牛指导员和高连长研究了一下，就派人把这村的伪联络员叫来，问敌人的情况。联络员是个穷老头子。

说了一阵闲话，大水就叫他说说城里的情况。老头儿说："现在日本人全扫街呢，汉奸可成了大老爷啦，管着日本鬼子呢。日本队的

三八大枪交给了汉奸队，汉奸队的破枪交给了日本鬼子，天天都在准备往保定跑呢。"

大水问："你从哪儿看出来他们想跑呢？"他说："嗨，我可知道！北门外，北关楼子下面，河里准备了四只'大槽子'，使船的人黑间白日都不叫走开，这还不是预备逃跑啊？还有一桩，汉奸队在城里紧着卖东西，把抢来的粮食、衣裳……连他们的被子、破袄儿，什么都卖，还不是想跑呀？"

大水、高屯儿又问北关岗楼上的情形。老头儿说，守楼的是一个小队，没有机枪，夜间站一个岗。

末了，大水问："前一个时候，便衣队在东关抓了个女八路，关在城里，你听说有什么信儿没有？"老头儿说："不是还带着个胖小子吗？"大水心跳着，忙说："对对对！她怎么样了？"老头儿说："啊呀！这……前几天还听说过堂呢，这两天可说不清了！"

大水心里很乱，他努力克制自己，不去想这个事儿。【阅读能力点：大水心里十分担忧小梅和儿子的安危，但他有任务在身，不得不克制自己。】打发老头儿回去以后，忙跟高屯儿出去集合队伍，准备执行党给他们的光荣任务，去攻城。

第二十回 胜利

名师导读

高屯儿、大水趁夜带人攻打城关。何世雄想要以小梅的性命威胁大水等人，小梅宁死不屈。何世雄走投无路之下，只能偷偷逃走。

月亮还没上来，天很黑。

连长高屯儿把队伍集合在大场上。这一连人，都是村里才调出来的青年农民，虽然穿着各色各样的衣裳，可是一律缠着子弹带，背着大枪，精神饱满的，站了个齐整。他们受过训练打过仗，已经很像个样儿啦。

高屯儿站在前面，身上挺得笔直，挥着拳头说："同志们！整整两天两夜，大伙儿执行任务，没有休息。可是要消灭鬼子汉奸，还得最后努力，你们累不累？"一百几十人一声吼："不累！"高屯儿说："好，马上准备执行任务，围攻北关！"

指导员牛大水讲话说："同志们！今晚上出发，谁也不许抽烟咳嗽，随便讲话。前面的尖兵听到什么动静，要随时注意征候，判断情况，应该好好儿侦察搜索。另一方面，有事儿不准大惊小怪。不论发生任何情况，都得镇静沉着，不要叫张三喊李四的。外围瞅见什么，不准随便打枪，免得暴露目标。同志们，最后胜利就在眼前，朱总司令发布了命令，叫咱们勇敢、勇敢、再勇敢！我们每一个人都要响应他的号召,不怕牺牲,坚决完成任务!"战士们都喊:"一定完成任务!"

一连人摸黑走大路,到了堤上,又顺着堤往东,悄悄儿搜索前进。河水哗哗地流着,有时候鱼在水面上吞食,啪啪地响。【写作借鉴点:以动写静,用流水声、鱼吞食声来衬托此时的寂静,从侧面表现了队伍前进时的小心谨慎,渲染紧张的气氛。】望得见北门外,北关岗楼亮着灯光。

队伍一会儿蹲下,一会儿前进。离楼不远了,他们隐蔽在树林里。大水、高屯儿给排长胡二牛一个任务,胡二牛就带上一班人,沿着河边,偷偷摸到四只"大槽子"跟前。七个人趴在堤坡上警戒,八个人悄悄儿上船。船夫在船舱里都睡着了。八个人轻轻起了锚,放在船上,船就慢慢儿顺着水流,溜下去了。【阅读能力点:与前文联络员的话相照应。将四只船弄走,就可以断了敌人的后路。】

岸上胡二牛他们,等船儿走远,就撤回来报告,说:"四只大槽子弄走了,敌人可跑不了啦!"一连人又往前摸过去,在北关的民房后面布置开。一会儿,第五连也来了,两下里三百多人,把城门、岗楼、大街小巷,全封锁了个严实。

这天晚上,将近有十个民兵连,从四面八方逼近城关,连四乡的老百姓都组织起来,有的抬着担架,有的扛着梯子,有的拿着铁镐、铁锹……跟着民兵连。民兵和老百姓一共好几千人,把县城团团围起来。人人心里都恨不得一下把城攻开,消灭鬼子和汉奸。大伙儿兴奋极了,这么些年,早盼着这一天啦!

城里的何世雄,可想不到形势变得这么快。自从日本宣布投降,

他接受了蒋介石传下来的命令，不给八路军缴枪，倒把鬼子司令藏起来了。他表面上耍了许多把戏，叫老百姓看着好像日本兵都成了俘虏，就没有问题了，骨子里可是和日本人串通一气，共同对付八路军。

今晚上八路军围城了。何世雄忙去找鬼子司令商议。

鬼子司令的屋子里，供着个小铜佛，铜佛跟前放了菜、汤和干果点心。司令龟板在小铜佛的面前，直直地立着，低下头，嘴里嘀里嘟噜地念叨，正在求神告菩萨，保佑他留下这条老命，好回到本国去呢。何世雄站在旁边，不敢打扰他，着急地等了半天。龟板念叨完了，又对小铜佛恭恭敬敬地鞠了三个躬，才招呼何世雄坐下，两个人就谈起来。

这一次，龟板脸更瘦，颧骨更高了，连人丹胡子也不修剪，常捧着个啤酒瓶子死灌。现在他一听说八路军已经围了城，好像脑门儿心上挨了一铁锤，他的"大和魂"一下子出了窍，浑身的"武士道精神"都走了气，目瞪口呆坐在那里，半天说不出话。【写作借鉴点：外貌、神态描写，使用比喻手法，语言诙谐，将龟板灰心丧气、惧怕的样子栩栩如生地描摹出来。】

何世雄问他怎么办，他才转过神来。两个人研究半天，估计城里的力量，凑凑合合可以维持三天，城防工事还算坚固，八路军又缺少重武器，一时不会攻下来。只要保定派队伍来接，突围就没有问题。谈到这里，鬼子司令松了一口气，跳起来，尖嗓喊了一句："卡米杀马，他死可得哭来（菩萨保佑）"！

他马上给保定打电报。何世雄忙回去传命令，一面叫部队拼命守城,等待援兵到来,一面安顿他的小老婆,把金银首饰和其他宝贵的东西收拾好,准备援兵一到,就突围逃跑。一切安排停当,他从容地抽着烟,又和张金龙商量了一下杨小梅的问题,就派人把她提出来。

小梅已经过了两次堂。【写作借鉴点:插叙,插入小梅被抓后的情节,使文章内容完整。】第一次是刚解到城里的时候。何世雄欺她是个妇女,想用哄骗的手段软化她,叫她当特务,先派人给她裹伤口,吃好的,再把她叫到自己住的屋里,坐在对面谈话。他满脸笑容地对小梅说:"杨小梅,你是个有材料的人,又聪明,又能干,我早就听说了。像你这样的人,走在邪道上,真可惜!你是受了蒙蔽啦,跟着那些'匪军'跑,还能长得了?你好好儿想想吧!"

小梅抱着孩子,侧转身子坐着,气愤地说:"你这是放屁呢!八路军抗日救国,老百姓人人拥护,为什么长不了?你这个铁杆汉奸,杀老百姓,抢老百姓,是个会说话的小孩儿都骂你,你能长得了?【写作借鉴点:连用两个反问句,语气铿锵有力,表达了小梅对何世雄的厌恶和深恶痛绝。】逮住你的时候,谁也要剥你的皮,抽你的筋!一人一手指头就戳死你!"

何世雄并不生气,假笑着说:"杨小梅,你眼光放远点儿,别叫共产党的迷魂汤把你迷住了!你看共产党多残忍,叫你一个妇道人家,做这样危险的工作,落到这么一个悲惨的地步。唉,真可怜!我看你倒不如跟着我做一点儿事,准有你的前途!"小梅看着他,眉毛一纠,眼睛一瞪说:"你别胡扯!这是我自个儿要来的。拾掇你们这些汉奸,我心里才乐意呢!犯在你的手里,我只有光荣牺牲的前途。要杀要剐随你的便!"

何世雄看着她手里的孩子说："你死，就不可怜可怜你的孩子啊？"小梅咬着牙，把小胖往桌上一放，说："我不可怜孩子，你赶快拉我出去，杀了倒痛快！"

小胖哭了。何世雄亲手把他抱起来，故意拍着孩子说："杨小梅，别那么狠心！我要叫你死，只要我动动嘴皮子就行了，可是我不愿意叫你作无谓的牺牲，千金难买一口气啊！你一时脑子里转不过弯来也不要紧，回去再仔细想想吧。我这是对你，除了你，对谁也没有这么客气过！"就叫人把小梅娘儿俩带下去了。

外面听堂的伪军们，对杨小梅非常同情，背地里议论："这妇道真行，真不松啊！"他们暗地里都偷偷去照顾杨小梅。

第二次过堂，何世雄还是皮笑肉不笑地说："杨小梅，怎么样？憋闷得慌吧？你别着急，别起火，好好儿坐下，咱们谈谈。这几天你想得怎么样？"小梅说："我用不着想，我情愿死！"

何世雄假装很爱惜她似的说："你可别光钻一个死门儿，要死也就是一回啊！你真舍得了你的小胖子吗？"小梅狠狠地说："到了这会儿，我什么人都舍得了！"何世雄装作可怜她的样子说："唉！你死了，这没娘的孩子交给谁去呀？"

小梅忍不住哭了。何世雄心里可忍不住笑了。他得意地想："到底是娘们儿家，心软，好说话……"他正想开口再拉她一把，小梅擦着眼泪说："我哭，不是哭别的，是哭我没完成任务，倒落在你这个铁杆汉奸的手里。我死了，这孩子也活不成，不如把我们娘儿俩一块儿弄死，反正将来会有人给我们报仇的！"

何世雄又碰了个钉子，气得五官都挪了位，对杨小梅狠毒地扫了一眼,脸上冷笑着,走出去了。【写作借鉴点:"气得五官都挪了位"运用了夸张的手法,语言形象生动。】立时来了几个特务,说是对妇女不用动大刑,就夺下孩子,把小梅拉过来压杠子。小梅给他们生拉活扯,一压杠子就死过去了。

她醒过来就大哭大骂,骂着骂着又给他们压了个死。她可怎么也不屈服。最后,几个人把她架着,又关到监牢里去了。

外面听堂的伪军们,好些个掉眼泪,暗地里赞叹:"唉!杨小梅真是个好样儿的,真烈性啊!"他们背地里都偷着去看杨小梅,给她治伤。【阅读能力点:再一次写到伪军们对小梅的同情和敬佩,为后文作铺垫。】

大水他们围城的这天夜里,何世雄叫人把小梅提出来,心里已经存着枪毙她的念头。如果杨小梅怕死屈服了,就准备带她到保定,利用她做将来报仇的资本。

他对小梅说:"杨小梅,你考虑好了没有?这是我最后一次问你,要死要活,你自己说一句吧!"小梅知道他要下毒手了!她镇静地说:"你不用问!我死,就是完成我革命的任务了!"何世雄就叫人把孩子抱走,可小梅紧紧地抱着小胖不放,说:"我娘儿俩要死死在一块儿。"

就在这当儿,南门外的号声响了,四面八方都起了枪声。张金龙匆匆忙忙跑来,凑在何世雄跟前,低声说:"情况紧得很,敌人总攻了!东门南门恐怕都守不住,你看这事儿怎么办?"何世雄冰铁着脸,假装平静地说:"不碍事!"就挥一挥手,叫人把杨小梅拉出去枪毙。

小梅知道同志们攻城了，哈哈大笑说："好好好！何世雄！你们这些汉奸卖国贼，马上就完蛋了！我死，死也死得痛快！"

伪军把小梅推出去，小梅听见城外枪声打了个欢，激动得浑身发颤，忍不住大声喊："打倒日本帝国主义啊！打倒汉奸卖国贼啊！共产党万岁！"【阅读能力点：小梅面对死亡毫无惧色，反而为城关即将被解放感到激动、高兴，她的三句高喊更是表明了她视死如归，愿为革命事业英勇献身的大无畏精神。】

南门外的冲锋号一股劲儿地吹，四周围的枪声，夹着手榴弹的爆炸，打得热火朝天。

伪军们军心动摇，早就不想打了。南门的伪军首先开城投降，东门的伪军也放下了武器。城里大部分鬼子都给包围在南大街学堂里。从分区日本反战同盟支部来的几位同志，跟着咱们的队伍来配合工作。这会儿，他们就用日本语喊话，争取日本兵投降。他们还唱了一个日本歌，唱得学堂里的日本兵都哭了，不到一刻钟，就挂起了白旗。

城破的时候，何世雄和鬼子司令带着一部分敌伪军，急忙往西跑，想从西门突出去。可是西门着火了，烧得半边天通红。他们马上又往北门突。北门外的岗楼早缴了枪，城里何世雄叫两个机枪手，端着两挺轻机枪冲锋开道。他们猛地开开北门，机关枪在头里密密地扫射，一伙人拼命往外冲。

民兵们看机枪打得挺猛，退了一下，手榴弹就像雨点儿似的打过来。好些敌伪军都被炸死了。头一个机枪手也炸飞了半个脑袋。敌人惊慌地乱跑。一阵混乱中，何世雄顾不得他的小老婆，用手枪戳着第

二个机枪手,喝叫:"快打!不打我毙了你!"他和鬼子司令、张金龙几个跟着机枪,拼死命从侧面往西冲出去了。

民兵们有的往城里奔,有的抓那些逃散的敌人。牛大水和高屯儿带了人,跟在何世雄他们的后面,紧紧追来。何世雄一伙跑到堤边,前面早有一部分民兵在把守,突然喊:"口令!"他们答不上,立时一阵排子枪打过来,几个人倒下了,机枪手也滚到了一边。鬼子司令右胳膊负了伤,枪也掉了。张金龙腿上中了一颗子弹,他咬着牙,跟龟板、何世雄慌忙地往野地里跑。

天边的月亮照着,大水、高屯儿他们看得分明,紧追着不放。张金龙左手打枪不得劲儿,腿又在流血,跑不动了,落在后头。牛大水一心想捉活的,跑在最前面,大声喊叫着:"张金龙,投降吧!你跑不掉啦!"张金龙心慌意乱,被什么绊了一跤,摔了个"狗吃屎"。他就势滚进一大丛碱蓬棵里,趴着照大水打了一枪,没打中。大水又气又恨,一甩手,子弹打进张金龙眼窝里。他立刻仰面倒下了。高屯儿他们赶上来,怕他不死,又补了几枪。大水恨恨地说:"便宜这王八蛋了!"一伙人继续往前追。

何世雄和龟板跑进一大片豆子地里,想藏可藏不住,慌慌张张地朝前面高粱地里奔。何世雄的帽子早跑掉了,鞋也只剩了一只,越想跑得快,越跑不动。龟板挎的一把东洋刀,老是绊腿绊脚的,也顾不得解下来。【阅读能力点:详细描写了何世雄、龟板两人逃跑时狼狈不堪的模样,大快人心。】

后面的追兵只隔几丈远了,枪子儿在他俩头上飞过。他们两个再也跑不动,索性趴在豆子地里。大水他们四下里散开,弯着腰往这边

搜索。

何世雄一眼瞧见牛大水走近了，就瞄着打了一枪，子弹从大水的身边擦过去，打中了高屯儿的肚子。高屯儿跌倒了。大水吃了一惊，忙去扶他。高屯儿肠子都流出来了，还睁着圆彪彪的眼睛，发怒地喊："你管我什么？快消灭敌人！"

这当儿，又一颗子弹唰地飞过。大水发现了目标，连忙一枪打去，何世雄手里的枪就给打飞了。大水见他没了枪，忙奔上去捉活的。不提防那龟板藏在豆秸里，左手早拔出了东洋刀，猛地一抡，砍在大水的腿上。大水跌倒了，枪也落在豆子地里。那龟板又照他头上砍了一刀。大水忍着痛，跳起来，一个扑虎儿压住那龟板，夺下他手里的刀乱砍，一面咬着牙说："看你厉害！看你厉害！"柳喜儿、魏大猛赶上来，打死了何世雄。瞧见牛大水脸上都是血，急忙把他扶起来。

民兵和民夫们也都冲上来了，拿枪的，拿刀的，拿铁镐、铁锹的，喊着骂着，一阵子就把这两个鬼子、汉奸的大头儿，连砍带砸，剁成了肉泥……

月光里，牛大水成了血人，昏迷过去了。

牛大水醒来的时候，人们已经把他抬进城。屋里许多同志和老百姓，悄没声儿地围着他，一个医生和一个卫生员正在给他洗伤。灯光照着他脑门儿上斜斜的一条伤口，足有三寸长，露出了白的骨头。【阅读能力点：列出具体的数字，说明大水伤情的严重程度。】医生小心地上了药，刚用纱布给他缠好，秀女儿扶着杨小梅，李小珠抱着小胖，进来了。

原来前半夜伪军把杨小梅带到城隍庙后面，假装打了三枪，就带着她反正过来了。李兰女和赵班长也给救了出来。这会儿，小梅脸白沙沙的，左手勾着秀女儿的脖子，右手拄着一根棍儿，压过杠子的两条腿，走过来很艰难。同志们忙闪在两边。

小梅一见大水，心坎里猛地一阵欢喜，她那眼泪可就撑不住了，泪珠扑扑扑地往下掉，忍不住哭出声来。旁边的同志都跟着掉泪。小梅声音变了，说："大水啊！想不到……这一辈子还能见你的面！"

大水硬撑着坐起来。他半个脸包在白纱布里，睁大了一只眼，望着小梅，一时喉咙里像堵住了个什么，哽得说不出话来。可是他心眼儿里挺痛快，胜利的笑显在脸上。他拉住小梅的手说："哈，小梅！咱们总算熬过来了，咱们胜利啦！"

小梅擦了擦眼泪，说："老蔡说得对，咱们的胜利是用血换来的哟！刚才我瞧见屯儿了……唉，咱们牺牲了多少好同志啊！"大水眼里闪着泪花，激动地说："屯儿死得真光荣！他临死的时候，还叫我们快消灭敌人。咱们得好好儿记住他的话！现在抗战胜利了，国民党反动派可还没打倒。活着，咱们再干吧！"小梅兴奋地说："只要有这口气，就跟反动派干到底！抗战这么些年，咱们什么苦都受过了，还怕什么！"秀女儿说："毛主席领导咱们把鬼子都打败了，咱们跟着他，干什么不会胜利呀？"

大水想着很高兴，颤抖的手接过小胖，亲亲他的小脸说："可不是！咱们吃点儿苦不要紧，只要革命成了功，这些孩子们，将来可享福啦！"正说着，黑老蔡、柳喜儿、魏大猛来看大水。老蔡喜冲冲地扬着一只手说："报告你们好消息，咱们各地方都打了胜仗。光是冀

中，就收复了雄县、霸县、安国、博野、蠡县……一共13座县城！"满屋子的人都拍手叫好。

忽然，外面噼噼啪啪响起了鞭炮声，像过年似的。一时锣鼓喧天，夹着人们的欢呼，声音越来越近。秀女儿快活地跳起来说："老百姓庆祝胜利呢，咱们快去看！"人人脸上都兴奋地笑着，年轻人连忙奔出去……

天明了，城头上飘扬着鲜亮的红旗。【阅读能力点：红旗象征革命，代表了中国抗日战争的胜利以及美好生活即将到来。】